Universale Economica Feltrinelli

CRISTINA COMENCINI

PASSIONE DI FAMIGLIA

Feltrinelli

Prima edizione ne "I Narratori" giugno 1994
Prima edizione nell'"Universale Economica" gennaio 1996

ISBN 88-07-81362-9

Ma altra volta forse ti dirò le lodi delle carte medesime, di questi umili eppure eterei strumenti delle decisioni divine. Le hai mai guardate? Impassibili e vive, talune atre, altre splendenti, lievi e seriche come pelle di donna, esse figurano immemoriali storie, leggende originarie.

TOMMASO LANDOLFI

1.

Dicono che davanti agli occhi di chi sta per morire sfrecci in un solo istante tutta la vita come un treno in corsa. Malgrado la velocità, il morente riesce a distinguere, dietro i finestrini del treno, i visi delle persone incontrate nella vita. I saluti, i sorrisi o le maledizioni di quella gente, per lui ormai defunta, gli diventano ugualmente cari e indifferenti.

La morte della principessa mia nonna, vegliata dalle cinque figlie, dalle venti nipoti femmine, da cugine e zie, nonché dai rispettivi mariti, dal solo figlio maschio, tenuto in disparte accanto alla morte come nella vita, non mi diede da pensare niente di tutto questo. Mia nonna ruotava gli occhi in giro per la stanza, sui visi delle cinque figlie bionde già vestite di nero e delle nipoti, senza trovare pace. Faceva smorfie con la bocca rimasta storta dopo l'ultimo attacco e cercava di liberare la mano destra dalla presa della figlia maggiore che gliela teneva ferma sul lenzuolo, per paura che tutti i presenti potessero intuire a cosa la madre facesse riferimento.

Ero nascosta sotto il suo letto e non la vedevo, però sapevo che ripeteva quel gesto. Aveva iniziato a farlo quel pomeriggio in cui ci eravamo ritrovate sole a casa. Mi aveva chiesto di tirarle fuori dall'armadio della sua stanza una valigia, e nella valigia una scatola di fotografie, lettere e ritagli di giornale. Cercò tra le reliquie polverose un trafiletto ingiallito di un giornale degli anni venti o giù di lì. Era il resoconto di un grande ballo in maschera della nobiltà napoletana. Inforcò gli occhiali sul naso che aveva avuto piccolo da giovane ma che si era allungato con l'età. Tossì, e con la stessa cadenza lenta dell'annunciatore del ballo, enumerò principi, duchi, marchesi, i loro vestiti di seta, raso, oro, argento, velluti preziosi, i loro titoli lunghi come una dinastia biblica.

Tra questi c'erano i suoi antenati, nonché i miei, anche se solo per parte di madre, essendo il mio sangue ormai imbastardito dalla contaminazione con un borghese del nord. Io guardavo le sue mani bianche con le unghie laccate rosse, le vene blu in trasparenza che mi parevano la testimonianza di ciò che mi raccontava della nostra famiglia; alzavo gli occhi sul suo viso incipriato, sui capelli biondo scuro raccolti sul collo, sugli occhi blu leggermenti sporgenti che avrei voluto ereditare, sulla rosa di stoffa chiara appuntata sulla camicetta di seta bianca. Non mi resi conto subito che la sua voce si era inceppata su uno di quei nomi e lo ripeteva come un disco incantato. L'articolo le cadde di mano, prese a volteggiare nella stanza in modo soprannaturale, poiché le finestre erano chiuse. Andò a finire sotto il suo letto. Quando io ne uscii fuori con il foglietto in mano, lei era seduta sulla sedia, gli occhi roteanti sugli oggetti della stanza, la bocca storta in una smorfia di disgusto. Mi avvicinai, e la sua mano destra si alzò a molla accanto al suo viso incominciando a distribuire in circolo un infinito mazzo di carte. Si trattava certamente di una partita di poker, perché i giocatori a cui mia nonna continuò da quel momento incessantemente a distribuire le carte erano cinque.

Così si decise che a turno i membri della famiglia le avrebbero tenuto la mano destra ferma in presenza di estranei; durante la notte le cinque figlie l'avrebbero vegliata intorno al suo letto in circolo, dandole l'illusione di essere ancora in partita. Fu la partita più lunga che si giocò in famiglia. Più lunga di tutte quelle che fecero perdere al mio bisnonno i suoi possedimenti a Napoli, la villa e il parco che portano il suo nome; più lunga delle interminabili partite durante le quali le cinque figlie partorirono le loro venti figlie; più lunga delle partite di ogni Natale, Capodanno, Santo Stefano, carnevale e ogni festa comandata o inventata da una delle cinque figlie; più interminabile delle partite improvvisate durante i battesimi, le comunioni, i compleanni, gli onomastici dei venti nipoti. Durò venticinque giorni e ventisei notti, perché mia nonna morì all'alba. Quando finalmente poterono lasciarle la mano sul lenzuolo, erano stremati di dolore e giurarono che mai più occhio umano li avrebbe visti intorno a un tavolo da gioco.

La nonna napoletana del mio primo marito aveva incontrato Francesca, la mia nonna principessa, e sua sorella minore Maria in un teatrino di Napoli. Una carrozza le aveva lasciate davanti al teatro. Erano scese accompagnate da una signorina francese, vestite di bianco e con un cappello a larghe tese di paglia di Firenze che il mio bisnonno aveva portato loro dal viaggio con la sua ultima amante, cantante d'opera. Tutti sapevano che si era giocato pezzo a pezzo ogni proprietà al tavolo di chemin de fer. Solo loro due, vestite di bianco, pensarono che gli uomini che si toglievano il cappello al loro passaggio lo facevano perché erano belle, principesse, e si erano messe il cappello nuovo.

Rientrarono dal teatro con le guance rosse di eccitazione. Il principe e la principessa madre, seduti intorno al solo tavolo di noce lasciato dai creditori, insieme alla cassapanca con intagliato lo stemma di famiglia e al ritratto dell'avo con i lunghi baffi ricurvi, giocavano senza entusiasmo l'ultima partita a scopa nel palazzo che porta il loro nome.

"Francesca e Maria, vi siete divertite a teatro?" fu l'unica domanda del principe alle figlie, mentre la principessa si asciugava gli occhi e scartava l'asso di bastoni. Nessuno dei due sapeva cosa si dovesse fare, ora che il palazzo non era più loro, né le terre, né i mobili, né le rendite. Non vi era mezzo neanche di vendere uno dei numerosi titoli messi insieme sposandosi, come in seguito consigliò mio zio a mia nonna alla decima fuga di mio nonno.

Mia nonna Francesca prese l'inziativa alla quarta partita di scopa senza sapere che avrebbe dovuto conservarla per tutta la sua vita. Chiese alla signorina francese se restava con loro.

"Mais oui, je ne peux pas vous abandonner dans cette situation!" le rispose lei singhiozzando e guardando con i suoi occhi dorati il mio bisnonno che l'aveva appena abbandonata per la cantante d'opera.

"Da mio zio Ferdinando," ordinò mia nonna con voce altera al cocchiere, dopo che la famiglia si era accomodata in carrozza per l'ultima passeggiata in città da ricchi.

Passarono per via Caracciolo, riconosciuti e salutati molto più di prima ora che avevano perso i loro averi.

Maria guardava la madre e il padre. Niente poteva cambiare nella loro vita, dato che niente era cambiato nei loro vestiti, nell'espressione dei loro volti. Il principe padre, con le gambe accavallate, le due mani guantate appoggiate al bastone da passeggio, l'espressione distaccata che piaceva alle donne, guardava dal finestrino scorrere il lungomare, l'uscita delle signore dai caffè e dai teatri, i carretti dei gelati. La principessa madre era piccola e senza forme nel suo vestito grigio perla. Il fiocco rosso scuro del cappello di velluto le ricadeva da un lato, coprendole metà del viso, le lasciava fuori un solo occhio scuro e sperso con cui fissava il marito lanciare sguardi di desiderio a ogni signora che passava. Nulla era cambiato. Lo zio Ferdinando avrebbe dato loro asilo nel suo palazzo e tutto sarebbe stato come prima: i balli, le lezioni di francese, il teatro, e le notti a pensare al palazzo in cui avrebbe abitato da nobildonna sposata.

Mia nonna Francesca teneva gli occhi bassi sul bottoncino di madreperla del suo guanto. Avrebbe volentieri ucciso ogni passante nella strada, spento le luci nei caffè e nei teatri di Napoli, le risate e le voci calde che entravano nella carrozza. Non avrebbe mai saputo chi era l'uomo che le aveva sorriso a teatro. Pensò al suo viso durante tutto il viaggio, all'aria spavalda con cui l'aveva salutata senza conoscerla, agli occhi blu che ridevano prima della bocca. Portava un fiore bianco all'occhiello. Francesca giurò a se stessa di portarne uno uguale per tutta la vita. Mai avrebbe saputo il suo nome. Non le avrebbe mai fatto la corte né l'avrebbe sposata. Nessuno l'avrebbe più sposata. Sarebbe stata come una delle amanti di suo padre: la sartina, la fioraia, la signorina francese, la cantante d'opera. Ma lei era una principessa. Desiderò ardentemente incontrare un uomo che l'amasse tanto da farle dimenticare la loro disgrazia oppure di darsi per niente all'uomo col fiore bianco. Non avrebbe mendicato il matrimonio. Se non poteva sposarsi da principessa, avrebbe regalato la sua vita a un principe. Nel viaggio in carrozza verso il palazzo dello zio Ferdinando, Francesca decise, senza saperlo, il destino delle sue cinque figlie, delle sue venti nipoti, e di tutta la discendenza di femmine future della famiglia affette dalla stessa accanita passione per il gioco che li aveva rovinati e per le disgrazie d'amore a cui si sarebbero dedicate anima e corpo.

2.

L'uomo con il fiore bianco non era un principe ma un marchese e non avrebbe sposato Francesca in ogni caso. A sedici anni era stato costretto a sposare una ragazza casta e pia con cui aveva fatto l'amore nel chiostro del convento delle monache sagramentiste adoratrici perpetue di Gesù. Le sue sette sorelle erano entrate in quel convento per adorare lo sposo celeste, in mancanza di una dote sufficiente a far loro trovare un marito in carne e ossa. Il loro fratello marchese, a cui erano destinati il titolo e le rendite, accompagnava la madre nelle visite al convento. Le sette sorelle fissavano attraverso la grata il fratello con il fiore bianco all'occhiello, e la notte ingoiavano lacrime d'odio.

Già a quell'età, il marchese mio nonno aveva mostrato la sua predilezione per le ossa delle donne. Se incontrava una signorina magra, senza forme, con il collo lungo e lo sguardo pallido, subito lo prendeva un bisogno impellente di conoscerla. Più era smunta, magra e pallida e più il richiamo delle ossa diventava irresistibile. Trovava le forme femminili senza gusto e signorilità, eccetto il ventre delle donne cresciuto per effetto del suo amore. Era un vero signore. Non avrebbe mai abbandonato una donna incinta; aspettava sempre, prima di andarsene, di vedere se il bambino era in buona salute, e soprattutto se era bello. Se lo trovava bello, poteva decidere di rimanere anche qualche mese per vederlo crescere.

Quella che diventò sua moglie, e gli diede i quattro figli legittimi, era deliziosamente piatta come una pialla usata giorno e notte. Passeggiava con le altre converse nel chiostro, il corpo di una bambina di quindici anni con delle magnifiche piccole ossa che bucavano la pelle del viso puntuto e la stoffa grezza della tunica sulle spalle gracili. Fu un richiamo irresistibile. Da quel giorno, tornò con assiduità a fare visita alle sorelle, che smagrirono e si ammalarono una dopo l'altra per la rabbia di vederlo così spesso. Finché un giorno riuscì a spingere la conversa contro il rampicante del muro del chiostro, in uno spazio vuoto tra le frasche e una statua di Maria con il bambino. Nascosti dal rampicante e con i piedini del bambino che toccavano le loro teste in segno di buonaugurio, lui le accarezzò le ossa intorno ai piccoli seni; le ossa tremanti delle ginocchia e dei fianchi.

Le mormorò: "Mi chiamo Francesco, sono marchese".

Lei trovò solo la forza di rispondergli: "Anna, sono duchessa, ma devo farmi monaca".

Una delle sette sorelle di Francesco, alla notizia che il fratello aveva messo incinta la conversa nel chiostro del convento, e che Anna ora era libera di andarsene e divenire marchesa, morì soffocata da un attacco d'asma. Le sei sorelle rimaste fecero il voto di clausura per evitare che il fratello andasse a visitarle con la giovane moglie e i bambini.

Al tempo in cui la famiglia di Francesca chiese ospitalità allo zio Ferdinando, Francesco aveva fatto nascere da Anna i quattro figli legittimi, a distanza di nove mesi l'uno dall'altro, e aveva già abbandonato la sua camera da letto perché trovava la moglie ormai troppo in carne.

Francesco e Francesca, senza ancora conoscersi, vagavano nelle strade e nei circoli di Napoli con la stessa condanna sulle spalle: quella di avere bruciato la loro vita di privilegiati ancora prima di cominciarla.

Il palazzo dello zio Ferdinando era decrepito. Le finestre non si aprivano mai per paura di impolverare i mobili di famiglia di legno scuro, come tanti confessionali. Di confessionali in casa ve n'erano due. Lo zio Ferdinando e la zia Enrichetta, austera più del palazzo che abitava, si confessavano ogni giorno del loro unico peccato.

Lo zio Ferdinando aveva accolto il fratello giocatore e la sua famiglia con poche parole:

"Fratello mio, sei il benvenuto nella mia casa. Darò a te e alla tua famiglia un tetto anche se non te lo meriti, per il resto dovrai cercarti un lavoro".

"Ma io non ho mai lavorato!" aveva balbettato il mio bisnonno.

"Neanch'io, ma neanche mi sono mai divertito con le carte e con le donne, e la mia famiglia non deve sopportare ora l'indigenza."

E dicendo queste ultime parole aveva indicato la moglie Enrichetta, unico esemplare della sua famiglia. Di figli non ne avevano. Secondo i domestici il matrimonio non era mai stato consumato.

Ogni giorno, da venticinque anni, alle cinque del pomeriggio lei e alle cinque e venti lui, lo zio Ferdinando e la zia Enrichetta si confessavano inginocchiati ai due confessionali di legno scuro.

"Ho desiderato la morte di mio marito, padre," mormorava la zia Enrichetta, strofinando con le labbra assetate di baci la grata di ottone del confessionale.

"Padre, ho sognato con gioia la morte di mia moglie," borbottava lo zio Ferdinando, asciugandosi il sudore dalla fronte per l'eccitazione di quel desiderio proibito, l'unico che avesse mai provato nei riguardi di una donna.

Dopo appena un mese di convivenza nella casa, Maria e Francesca iniziarono anche loro a confessarsi.

"Ci fanno dormire nella stanza dei domestici, padre, non abbiamo di che vestirci. Ci fanno mangiare i loro avanzi. Quest'inverno ho sperato che morissero tutti e due di polmonite," sussurrava Maria con gli occhi brillanti come due fiammelle d'odio attraverso i buchi della grata del confessionale.

"Nella farmacia della zia ho visto del chinino, padre. Non credo che resisterò a mettergliela nel caffè, se Dio non ci aiuta."

Il prete della chiesa di San Lorenzo da venticinque anni saliva ogni giorno al palazzo per confessarli, malgrado non lo facesse più nessuno. Pensò che il morbo che aveva colpito i due coniugi si fosse ora esteso anche alle due giovani nipoti, e la vicenda non poteva concludersi che con la morte reale di uno di loro. Si fece esimere dall'incarico spiegando che ormai anche i nobili andavano in chiesa a confessarsi come tutti, e confessarsi in casa, si era notato, non dava gli stessi risultati, anzi produceva nell'animo dei fedeli uno stato di recidività difficile da debellare.

Lasciati a loro stessi, senza il conforto della religione, lo zio Ferdinando e la zia Enrichetta si spiavano l'un l'altra, odoravano il caffè nelle tazzine, gettavano distrattamente il primo boccone al gatto di casa amato da entrambi come un figlio, e dormivano armati.

Maria e Francesca avevano preso a vagare di notte nel palazzo come due fantasmi assetati di vendetta. Durante il giorno la loro vita si riduceva a poco. Sedute accanto al letto della madre, imparavano per gioco da un giornaletto a cucire e a tagliare vestiti. L'idea era stata di Francesca. Al tempo in cui vivevano ancora nel palazzo che porta il loro nome e sceglievano tessuti e modelli per i loro abiti di ragazze, era Francesca a decidere per Maria e per la madre. Sapeva solo lei cosa si doveva portare, cosa era troppo o troppo poco. Quando parlava di vestiti diventava autoritaria e crudele. Maria amava sembrare romantica; Francesca la ridicolizzava con poche parole, la faceva piangere. Poi l'abbracciava pentita, ma avrebbe potuto ucciderla se l'avesse vista legarsi in vita, scendendo le scale, una cintura alta di roselline e primule comprata di nascosto dal venditore ambulante. Era dominata da un furore estetico intransigente. Con la povertà iniziò a disegnare e a tagliare vestiti per tutta la famiglia. Maria si rassegnò a imbastirli.

La notte uscivano una dietro l'altra dalla loro stanza al

pianterreno accanto alla cucina, attraversavano a piedi nudi i corridoi gelati fino al salone che si affacciava sulla strada, e si sedevano una di fronte all'altra ai due lati della finestra come due angeli di pietra. Francesca tirava fuori, da sotto la camicia da notte, un mazzo di carte napoletane profumate di biancheria intima e ne distribuiva tre a sé, tre alla sorella e quattro le sistemava al centro sul pavimento di marmo. Giocavano a scopa contro la città, e spiavano tra uno scarto e l'altro gli incontri agli angoli delle strade, le coppie che si baciavano prima di salutarsi, le carrozze con le tendine tirate; con accanimento ognuna cercava di vincere l'altra, dato che avevano perso tutt'e due la speranza di poter ancora uscire un giorno in fila indiana, con le teste alte coperte dai loro cappelli a larghe tese di paglia di Firenze, riconosciute e salutate da tutti; avevano perso il coraggio di far morire chi le teneva segregate in quel palazzo di odio e di morte.

Si giocò poi sempre così in famiglia, anche se nessuno ricordava più le cause di quell'accanimento feroce.

La morte tanto invocata di uno di loro arrivò finalmente come aveva previsto il prete.

Il mio bisnonno morì seduto a un tavolo, ma non era, come ci si poteva aspettare, un tavolo di chemin de fer. Né si accasciò sul tappeto verde di uno dei tavoli di poker del circolo. Ora vi andava di nascosto solo per guardare gli altri giocare; lo facevano entrare per il nome che portava, e perché alcuni lo avevano scelto come portafortuna, dato che a lui era andata male, e se lo tenevano accanto nelle partite più difficili. La testa del mio bisnonno si ripiegò in un gesto aggraziato e stanco sul bavero di velluto della sua giacca fatta tagliare a Londra, rimase così qualche secondo, sostenuta dal collo inamidato della camicia di un lino scelto a Firenze e inviato a un famoso camiciaio di Parigi, poi cadde al rallentatore su una scrivania dell'ufficio di rappresentanza della ditta di pelati in cui era stato assunto da una settimana. Il posto gliel'aveva trovato un cameriere del circolo. In passato il mio bisnonno gli dava mance generose mentre commentavano insieme, aspettando l'alba, i colpi più interessanti della serata. Il cameriere aveva parlato del principe caduto in disgrazia a un suo amico che aveva un fratello impiegato nella ditta di pelati. Al proprietario non era dispiaciuta l'idea di assumere un principe a propagandare la sua merce.

In quella prima e ultima settimana di lavoro, per la paura che se fosse andato a dormire non si sarebbe mai svegliato in tempo, tutta la famiglia decise di tenerlo sveglio giocando fino al mattino. Alle sette iniziavano a vestirlo con gli abiti preparati la sera prima. Francesca gli sistemava il collo della camicia e il nodo alla cravatta. La moglie gli infilava il soprabito. La governante francese metteva nel taschino un fazzoletto pulito bagnato di nascosto da qualche lacrima. Lo guardavano dalla finestra allontanarsi nella strada, all'ora in cui in passato rientrava per mettersi a letto.

Che cosa accadde quel sabato pomeriggio in cui morì, nessuno riuscì a saperlo. Durante l'unica settimana della sua vita in cui lavorò, il mio bisnonno rincasava all'una per il pranzo, mangiava poco, tenendo il viso basso sul piatto per non incontrare lo sguardo del fratello che moriva dalla curiosità di sapere come ci si sentiva a lavorare; alle tre usciva per andare in ufficio senza aver detto una sola parola, e alle sei del pomeriggio lo vedevano riapparire all'angolo della strada. Camminava in fretta tenendo lo sguardo basso sul selciato. La notte giocava a scopone con la moglie e le due figlie, senza parlare, con la testa bassa sulle carte come sul selciato della strada e sul piatto.

Dopo la sua morte, Francesca e Maria rimproverarono a se stesse e alla madre di averlo costretto a giocare ogni notte per la paura che non si svegliasse in tempo. Non avrebbero mai ammesso che un principe napoletano, discendente da un guerriero crociato che prima del Mille aveva reso nobile la sua famiglia portando via le armi e il nome a un nemico turco vinto in battaglia, non fosse stato capace di tenere alta la testa davanti al destino avverso e di rappresentare degnamente anche una ditta di pelati.

Francesca cucì tutta la notte i loro vestiti di lutto. Il giorno dopo, nella cappella che porta ancora il loro nome, Francesco guardò a lungo la principessa madre con le due figlie accanto, minute e soprannaturali nei loro vestiti neri; non staccò lo sguardo un momento dalla figura esile della ragazza che era allora mia nonna, dai suoi capelli biondo scuro raccolti sotto il cappello à cloche, dal fiore bianco, identico al suo, che palpitava con il suo respiro quando camminava a piccoli passi, composta, dietro il feretro del principe suo padre.

3.

Francesco le cercò ovunque; chiese di loro a ogni amico; frugò la città casa per casa, vicolo dopo vicolo. Le tre donne, dopo la morte del principe, erano sparite. Ovviamente, la prima casa a cui bussò fu il palazzo dello zio Ferdinando. Lo attese seduto su una poltroncina scomoda, davanti ai due confessionali, stupito che nella sua famiglia bigotta non fossero mai arrivati a tanto. D'un tratto, dal fondo buio di uno dei due, dietro la tendina viola socchiusa, brillarono due occhi folli. Francesco non riuscì mai nella sua vita ad avere paura. Per molti quella era la sua più grande qualità; per molti altri il suo peggior difetto. Si avvicinò alla tendina del confessionale, curioso di scoprire a chi appartenessero quegli occhi di demonio. Il gatto di casa ne sprizzò fuori, inchiodandosi un attimo su una sua spalla, graffiandolo sul collo e planando infine nella stanza fino al bordo dorato della cornice del ritratto dell'antenato con i lunghi baffi ricurvi. Lo zio Ferdinando, seduto su un'identica poltroncina scomoda, spiegò a Francesco che da circa un mese aveva dato segni di pazzia, aggredendo e graffiando ogni giorno qualcuno, ma non se la sentivano di abbandonarlo dopo tanti anni di vita sotto lo stesso tetto, dopo che aveva diviso tutte le loro abitudini. Lo zio Ferdinando parlò poco: compianse il povero fratello morto; elogiò la propria generosità per avere accolto tutta la famiglia; disse di non aver avuto in cambio né riconoscenza né affetto. Se n'erano andate via da circa un mese, una mattina, con i loro fagotti; come delle mendicanti, disonorandolo davanti a tutto il quartiere. Francesco non riuscì a cavargli nulla di più. Il gatto lo fissava pronto a saltargli al collo e graffiarlo a sangue. Lo zio Ferdinando taceva; insospettito dalle domande, si chiedeva se il giovane marchese conoscesse bene le sue due nipoti, se avesse subodorato qualcosa. Lo accompagnò alla porta sotto lo sguardo attento del gatto che li seguiva planando da un mobile all'altro dell'ingresso. Attraverso il vetro smerigliato della porta, tra le cuspidi della corona incisa, lo zio Ferdinando seguì con lo sguardo preoccupato la figura tremolante e deformata dal vetro di Francesco che si fermava un attimo come per un ripensamento, ma scompariva infine dietro l'angolo delle scale. Tirò un sospiro di sollievo. Il gatto accompagnò il suo sospiro con un soffio violento e gli saltò al collo, graffiandolo con furore selvaggio.

Quel mancato ripensamento fu causa di liti terribili. Francesca gli rimproverò tutta la vita di non essere ritornato sui suoi passi, di non aver incalzato lo zio Ferdinando con domande precise. Avrebbe potuto chiedergli perché se ne erano andate all'improvviso. Avrebbe potuto domandare ai proprietari delle botteghe vicine, alla servitù. Ma non aveva voluto. Il mancato ripensamento di quel giorno venne spesso preso a esempio per rimproverargli la sua superficialità, inaugurò la serie dei dieci accadimenti sempre citati da Francesca per dimostrargli la sua mancanza d'amore, fu il primo dell'infinita serie di mancate prove d'amore di tutti gli uomini verso tutte le donne della famiglia.

Anche se Francesco fosse tornato indietro e avesse chiesto con insistenza la ragione che le aveva spinte quella mattina a fuggire da sole come delle mendicanti per le vie di Napoli, non avrebbe potuto trovarle in ogni caso.

Avevano deciso di non bussare a nessuna porta amica quella mattina. Non volevano sopportare l'umiliazione di essere accolte con calore e pietà da gente di nobiltà inferiore alla loro; le avrebbero ospitate giusto per raccontarlo nei circoli e nei caffè. Dopo la morte del principe avevano capito che era meglio non chiamarsi più con il loro nome: lasciarono cadere in un sacchetto di seta della principessa madre i loro tre anelli con lo stemma, regalarono alla signorina francese che le lasciava i loro fazzoletti cifrati, le camicie del principe, la sue sciarpe di seta. Alla stazione, la salutarono senza agitare i fazzoletti che non avevano più. Maria alzò in segno di saluto il bastone del principe. La principessa madre aveva voluto tenerlo, malgrado sul manico d'oro ci fosse il simbolo del loro casato. Ferme sui gradini, all'uscita della stazione, erano tre turiste in visita alla città. Fermarono una vettura di posta e si fecero consigliare una pensione pulita, non troppo cara, per tre donne sole che avevano da poco perduto il loro padre e marito, in visita a Napoli per ritrovare alcuni parenti. Nel viaggio verso la pensione, Francesca vide la città con occhi da straniera; si sentì disgraziata e libera come una qualunque sartina o fioraia, come qualsiasi ragazza che attraversava la strada da sola; si chiese se era giusto non esserne troppo afflitta. Maria appoggiò la testa sulla sua spalla; lei piangeva.

Tutto era accaduto in modo irreale la notte prima, sei notti dopo il funerale del principe. Francesca e Maria si erano alzate come al solito. Ora avevano una ragione in più per giocare con rabbia e stare alzate a chiedersi cosa avrebbe deciso per loro lo zio Ferdinando. Con il re di denari Maria prese il tre e il sette, e fece scopa.

"Che iella!" se ne uscì Francesca guardandola con rabbia.

Maria alzò lo sguardo sulla sorella. Uno sguardo duro, senza pietà.

"La iella è mia, non tua. Aspetto un bambino."

Francesca restò solo una frazione di secondo senza sapere chi era il padre. Poi rivide le occhiate a tavola; le assenze della sorella il pomeriggio; l'odio speciale per lei della zia Enrichetta; lo sguardo nuovo di Maria ora su di lei.

Non disse una parola in più. Si alzò di scatto, raccolse la lampada da terra, prese a correre a piedi nudi nel corridoio buio e gelido; i lembi della camicia da notte le svolazzavano intorno al corpo magro; la lampada faceva brillare di rosso i capelli ondulati sulle spalle, il viso gonfio di furore e follia. Urlava senza rendersene conto; senza capire cosa stesse facendo, senza sentire le urla di Maria che tentava di fermarla; le urla della madre e della signorina francese svegliate nel sonno che le inseguivano piangendo. Corse fino all'ultima stanza, quella dello zio Ferdinando. Aprì la porta con un calcio potente. Era seduto nel letto, con la veste da camera sulla camicia da notte, gli occhi puntati verso la porta; le urla lo avevano appena scosso dal sonno leggero. Dormiva poche ore. In quelle poche ore sognava il fratello morto. Entrava nella sua stanza, si sedeva sul bordo del letto e gli parlava del futuro di Maria con lo sguardo sempre basso, senza incolparlo di nulla. Si svegliava di soprassalto, frugava con gli occhi la stanza e incontrava puntualmente gli occhi del gatto, raggomitolato in fondo al letto al posto del fratello. Era sempre sveglio quando lui si svegliava. Lo fissava con le sue due biglie verdi e gialle; vedeva il suo cuore e la sua colpa. Lo zio Ferdinando avrebbe voluto ucciderlo, come un tempo aveva voluto uccidere la moglie. Ma non ne aveva il coraggio. Non gli era più possibile immaginare la sua vita senza Maria. In ogni caso sarebbe andato a cercarla ogni pomeriggio, l'avrebbe portata per mano fino alla stanzetta al piano terra, dove si conservavano le bottiglie di vino e i sacchi di farina; l'unica donna ad avere risvegliato il suo desiderio addormentato da sempre; la figlia del fratello che aveva la pelle e gli odori della loro famiglia. Le baciava il collo, gli occhi neri chiusi per la vergogna; accarezzava i seni appena cresciuti, le gambe magre; la teneva stretta contro di lui sul sacco di farina. Toccandola le parlava per paura che gridasse.

"Nessuno vi sposerà più a Napoli. Lo sanno tutti. Sei una principessa, Maria, non puoi darti a chiunque. Vi terrò qui con me, darò tutto ciò di cui avete bisogno, a te, a tua sorella, a tua madre. Quando sarò morto, erediterai tutto, Maria, sarai rispettata da tutti."

Maria smetteva di piangere. Fissava le gocce di sudore sulla sua fronte ingrandite dalla vicinanza; gli occhi blu uguali a quelli del padre. Sentiva l'odore della pelle di lui; la pelle e gli odori della loro famiglia. Così lo abbracciava anche lei, chiudendo gli occhi, immaginando di tenersi stretta a un marito appena sposato, un signore vero; era la loro prima notte, e il sacco di farina il loro letto di nozze. Nessuno l'avrebbe mai meritata davvero, così era giusto che ciò accadesse.

Per decenni in famiglia si pensò che nessuno le meritava davvero. E ogni donna cercò prima o poi di perdersi una volta con un mascalzone su un sacco di farina.

Il mascalzone di turno, lo zio Ferdinando, rizzato sul letto nella sua veste da camera con gli alamari infilata appena aveva udito le urla e i pianti delle donne, fissava insieme al gatto il viso folle di odio di Francesca, ferma con la lampada sulla soglia della stanza. Ebbe giusto il tempo di urlarle poche parole del discorsetto che si era preparato da varie settimane.

"Non vi sposerà più nessuno a Napoli! È inutile che vi date tante arie. Vostro padre aveva avuto il doppio di quello che ho avuto io!"

Francesca gli scagliò contro il lume. In un attimo si infuocarono il letto, la coda del gatto e gli alamari della veste da camera. Il gatto schizzava impazzito da un angolo all'altro della stanza urlando come un umano a cui avessero dato fuoco. Lo zio Ferdinando soffiava disperatamente sugli alamari perché, malgrado tutto, alla veste da camera non voleva rinunciare.

Quanto al matrimonio di Maria, lo zio Ferdinando non seppe prevedere il futuro. Ma a distanza di anni, nella memoria della nipote, rimase il ricordo degli abbracci sul sacco di farina. Diceva di avere amato un giorno un uomo che non si poteva amare; ricordava soltanto gli occhi blu come quelli del padre, dimenticando i confessionali, la zia Enrichetta, la fame e le partite a scopa con la sorella nel salone riscaldato solo dalle luci di Napoli.

Quindici anni dopo, quando lo zio Ferdinando morì avvelenato da un'impepata di cozze, Maria pensò che era stata la zia Enrichetta. Ora si trovava a essere l'unica erede della loro famiglia. Per farle rabbia andò al funerale col primo dei suoi cinque figli, vestita da gran signora, perché ora era sposata a un uomo ricco. Era importante mostrare alla zia Enrichetta il primo figlio: come era stato cresciuto, come era nobile, gentile e aggraziato. Le dava il braccio come un marito. Quel figlio restò sempre l'unico marito degno di lei.

Il marito non degno di lei ma ricco la sposò pazzo d'amore. Possedeva una tipografia nella via della pensione. Stampava bigliettini per tutti i nobili della città, con le corone e il titolo – i borghesi ancora non usavano averli – , annunci mortuari, di sparizione, di fallimenti, e targhette d'ottone per nuovi inquilini. Sapeva tutto di tutti. Era un bell'uomo; piccolo e bruno, con i baffetti, i capelli all'indietro con la brillantina, gli occhi chiari da seduttore. In realtà era timido. Guardava le donne ma non osava avvicinarle. Così, pur essendo un bell'uomo, unico figlio maschio, con la tipografia ereditata dal padre, a quarant'anni non si era ancora sposato. Andava pazzo per i nobili e per i loro titoli che vergava con rispetto sui biglietti da visita e sulle buste. Nel suo ufficio, accanto al laboratorio, custodiva un librone rilegato in pelle con gli alberi genealogici di tutte le grandi famiglie della città e le matrici dei nomi messe in ordine di importanza. Era suo obbligo e dovere. Si sentiva guardiano riconosciuto di corone e titoli. Li conosceva a memoria. Capitava che andassero da lui impostori. Si fingevano marchesi per lasciare i bigliettini da visita ai debitori, o a donne di cui erano innamorati. Ma con Giuseppe non era facile. Sapeva distinguerli alla prima occhiata.

Quella mattina, per la prima volta nella sua vita, gli capitò una sfida anomala alla sua intelligenza. Dalla finestra che dava sulla strada, le vide scendere dalla vettura di posta, guardarsi intorno spaesate nel vicolo non proprio popolare dove tuttavia le case erano così strette le une alle altre che era buio col sole alto. Per prima scese la principessa madre. Si sosteneva al bastone del marito morto come se non si reggesse bene sulle gambe, mise una mano sul cappello, davanti agli occhi, cercando l'entrata della loro nuova abitazione. Poi scesero le due ragazze. Si fermarono accanto al vetturino che indicava loro la pensione "Marechiaro", pulita e decorosa, con il bagno quasi in ogni stanza. Vide il viso di Maria; gli occhi scuri ancora umidi di lacrime piante durante il viaggio, l'aria timida; le mani tremanti cercavano senza trovarlo un fazzolettino nella borsa. Francesca parlava con il vetturino, e anche lei frugava nella borsetta in cerca dei denari per pagarlo. Con gesto leggero e autoritario gli lasciò il resto per mancia. Giuseppe si alzò, fece il giro della scrivania e si affacciò alla finestra per vederle meglio. Erano sparite. La vettura si allontanava veloce nella discesa del vicolo.

Cominciò così il grande romanzo della sua vita. Non smise più di spiarle. Conosceva bene i padroni della pensione e da loro seppe il cognome delle tre donne. Un nome falso, non ne dubitò un solo momento. Era la prima volta che vedeva dei signori nascondere il loro titolo, il loro nome. Non si chiese perché. Era troppo eccitato dall'impresa di sapere chi fossero. Per prima cosa consultò il librone. Una madre con due figlie, sole, senza padre né marito. Scartò tutte le famiglie con discendenza maschile. Ne restavano troppe. Una disgrazia si era forse abbattuta su di loro. La morte o la fuga del padre. Scelse tra le matrici delle famiglie a discendenza femminile quelle che non gli venivano richieste da molto tempo. Il campo si restrinse ancora. Ne rimanevano cinque.

Tutte le mattine, quando apriva la tipografia, aspettava accanto alla finestra di veder uscire Francesca con i figurini sotto il braccio. Camminava a piccoli passi veloci, scompariva dietro l'angolo. Nei primi tempi, un'ora circa prima di mezzogiorno, la principessa madre, con Maria al braccio, s'incamminava a fare la spesa al mercato. La madre zoppicava sostenendosi al bastone del marito. Le figlie erano convinte che si fosse messa a zoppicare solo per usare il bastone. Al braccio libero di Maria dondolava un retino vuoto. Quando tornavano era ancora vuoto a metà. Si intravedevano delle arance, del pane, della pasta.

Così Giuseppe incominciò a sognare la loro vita futura: tutte le notti, prima di addormentarsi, si incamminava con Maria al braccio fino al portone della loro casa su cui brillava la targhetta d'ottone con incisi i loro due nomi. Quello di lei più grande del suo, com'era giusto. Giuseppe avrebbe voluto darle da mangiare ogni giorno i cibi a cui era stata abituata, ostriche e aragoste; non sapendo che Maria, per i debiti del padre e l'avarizia dello zio Ferdinando, mangiava solo la pasta col pomodoro e le polpette. Sognava di comprarle vestiti nuovi. Ora Francesca non aveva più tempo di cucire per loro. Lavorava in una sartoria. Certe volte si faceva regalare gli scampoli e li portava alla pensione.

Una di quelle notti, Giuseppe decise che non poteva più aspettare per sapere chi fossero. Il mattino dopo, fermo all'angolo della strada, appoggiato al muro, lo sguardo sul bastone e sul retino vuoto che si avvicinavano, cercava una sola parola tra le migliaia a cui aveva pensato. La punta del bastone e il retino vuoto erano ormai così vicini che Giuseppe avrebbe potuto toccarli con la mano. Solo dopo si rese conto, tornando a casa, di avere utilizzato un vecchio gioco da bambino di strada. Impercettibilmente spostò il piede davanti al bastone e gli fece lo sgambetto. Il bastone cadde a terra e rotolò lontano come fosse inciampato su una pietra del selciato. Giuseppe corse a raccoglierlo e lo riportò indietro inchinandosi. La principessa madre prese il bastone, lo ringraziò con un gesto della mano, senza dire nulla. Maria invece lo guardò ma non lo vide. Quella fu la prima ed eterna impressione che Giuseppe ebbe di Maria: lo guardava senza vederlo.

Dopo una vita trascorsa ad aspettare che si facesse sera per stringerla nel letto e concepire un altro bambino, Giuseppe capì che lei non poteva vederlo. Maria sembrava fissare l'esterno ma in realtà guardava solo dentro se stessa, con una passione e un risentimento vicini all'odio. Giuseppe desiderò tutta la vita che quegli occhi lo vedessero almeno una volta, anche solo per un istante. Li cercava mentre l'accarezzava e la penetrava la sera come un ladro, li cercava quando mangiavano ognuno a capotavola con i cinque figli seduti ai due lati, quando al caffè Maria ordinava il gelato per ognuno di loro, quando si aprivano al mattino ancora persi nel sonno e infantili, quando li guardò l'ultima volta prima di chiudere i suoi per sempre, e pensò che era stata una grande fortuna possedere quella donna senza occhi.

Tornando a casa, dopo che se n'erano andate senza rivolgergli una sola parola, Giuseppe ebbe l'illuminazione. Ricordò lo stemma scolpito sul pomo del bastone, il principe che scendeva dalla carrozza davanti alla tipografia per ordinare i bigliettini e la carta da lettere. Da quanto tempo non veniva... Forse cinque anni. In laboratorio, trafelato, cercò la matrice; sul librone vide i nomi delle due ragazze, quello della madre. E stampò con la carta di Oxford, la migliore, un bigliettino col nome di lei, il titolo, la corona. Lo tenne pronto sul suo tavolo invano. Per più di tre mesi Maria non uscì dalla pensione. Quando ormai Giuseppe era vicino alla demenza, e fissando la finestra si era ridotto a ingoiare le palline di carta che masticava per non sentire troppo acutamente la sofferenza, una sera tardi, spense la luce dell'ufficio e senza speranza lanciò un'ultima occhiata alla strada. La vide uscire correndo dalla pensione, avvolta in un mantello. Le corse dietro, dimenticando il bigliettino. La raggiunse, la superò e si fermò davanti a lei senza avere avuto il tempo per pensare.

"Principessa, di qualsiasi cosa avete bisogno," le sussurrò.

"Mia madre è malata, abbiamo bisogno di un medico. Mia sorella non è ancora tornata," gli rispose lei, come fosse normale essere interpellata da uno sconosciuto, per strada, col titolo nascosto a tutti.

Parlando aveva lasciato cadere i due lembi del mantello tenuto stretto al petto. Giuseppe abbassò un attimo gli occhi dal viso di lei al ventre, capì che avrebbe avuto bisogno di molto di più; distolse subito lo sguardo per non turbarla. La sera stessa, vegliando la madre nella stanza della pensione, Maria gli raccontò tutto con gli occhi asciutti. Non parlava a lui ma a se stessa. Raccontò delle loro origini, di come il padre avesse perduto tutto al tavolo di chemin de fer e dello zio che l'aveva messa incinta sui sacchi di farina. Giuseppe l'ascoltava senza capire; fissava la carnagione bianca, gli occhi castani come due noccioli di albicocche, i capelli appena raccolti sulla nuca da bambina. Non capì nulla del racconto perché pensava solo a cosa dirle quando lei in silenzio avrebbe alzato gli occhi su di lui in attesa. Maria finalmente tacque, dopo aver parlato per una buona mezz'ora da sola, come era sua abitudine. Nel silenzio, alzò gli occhi in attesa su quell'uomo vestito da impiegatuccio, con i pantaloni troppo corti e il collo della camicia troppo piccolo, i capelli all'indietro con la brillantina, gli occhi chiari, la fronte imperlata di sudore per l'emozione. Non le piacque nulla di quell'uomo, tranne le mani. Lunghe mani da pianista, unghie bianche e piccole vene appena visibili sotto la pelle liscia e bruna. Decise di soffermarsi solo sulle mani di lui. Ogni notte che passarono insieme, quante ce ne sono in una vita, cercò di non perderle mai di vista, mentre Giuseppe frugava nel buio alla ricerca dei suoi occhi; le fissava a tavola sforzandosi di dimenticare il modo in cui lui mangiava, facendo dei piccoli sospiri di soddisfazione plebei e asciugandosi continuamente il mento. Le mani di Giuseppe le resero tollerabile se non felice il suo matrimonio.

Giuseppe taceva e Maria lo guardava senza vederlo, in attesa. Poi lui scivolò in ginocchio e, col viso accanto al ventre di lei, chiese a quel bambino non suo il permesso di sposarla.

Le tre donne, stanche di stenti e solitudine, traslocarono subito nella casa dei genitori di Giuseppe. La principessa madre trovò la famiglia del tipografo molto simpatica, di buone maniere e attiva. Le stesse doti che attribuiva, ai tempi in cui abitavano nel palazzo che porta il loro nome, alla servitù di cui era particolarmente soddisfatta. Non c'era snobismo in questo. Prese veramente ad amarli; molto più di Francesca che non li poteva sopportare; molto più di Maria. Li amava ma non poteva mutare il suo vocabolario.

Come spesso succede, tutto fu chiaro tra loro fin dal giorno del matrimonio. Per non dare troppo nell'occhio, si erano sposati in una chiesa di Massa Lubrense, paese originario dei genitori di Giuseppe. All'andata, il signor Ciccio, il tipografo padre, per fare bella figura, aveva pagato a tutti il trasporto in due vetture private, ma al ritorno, dato che ormai i due sposi si erano scambiati gli anelli, giudicò preferibile far conoscere subito ai nuovi parenti i suoi pregi e i suoi difetti. Fissò con dolore le monete nel portafoglio e dichiarò che di auto private a Massa non se ne trovavano.

Tornarono a Napoli in corriera. Per la principessa madre fu un'esperienza memorabile. Seduta accanto alla signora Angelina, madre di Giuseppe nonché sua consuocera da appena un'ora, era sopraffatta da bianche penne di gallina che fuoriuscivano da due gabbie appoggiate sul primo sedile della corriera. Le penne volteggiavano davanti ai finestrini e si appiccicavano sui loro nasi. La principessa madre trascorse tutto il viaggio starnutendo. La signora Angelina tentando inutilmente di allontanare le penne dal nobile naso e di soccorrerla a ogni starnuto. Così andò in seguito per gli anni in cui vissero sotto lo stesso tetto. A niente valeva la rabbia sorda con cui Francesca le ricordava che sua madre aveva sei anni meno di lei. La signora Angelina capì in quel viaggio che i nobili sono essenzialmente malati e la loro vita è appesa a un filo. Così si occupò di lei come una ragazza accudisce la madre inferma.

Appena la principessa si svegliava, all'una del mattino se aveva dormito bene ed era di buonumore o alle dodici se aveva fatto brutti sogni ed era intrattabile, la signora Angelina si avvicinava lenta, con una tazzina di caffè fumante, ai dodici cuscini su cui appoggiava il capo e il lungo collo la sua nobile parente, e chiedeva, a bassa voce, come l'infermiera alla morente:

"Come si sente oggi, principessa?"

"Come mi devo sentire, Angelina? Male. Ho dormito poco e disturbata da quell'incubo," sbuffava la principessa tirandosi su e interpellandola bonariamente come una cameriera di famiglia.

"Quale incubo, principessa?" domandava Angelina, fingendo di non conoscerlo, per dare alla morente il piacere di raccontarlo per l'ultima volta, e intanto girava con il cucchiaino il caffè appena zuccherato che alla principessa piaceva "ben girato".

"Mio marito, il principe, veniva a trovarci col suo bastone, il foulard di seta, il cappello. Veniva per conoscere il suo primo nipote, Angelina. Si avvicinava alla culla e lo guardava. Poi si voltava verso di me – io stavo in silenzio per paura di vederlo svanire come era apparso – e mi chiedeva: 'Come l'avete chiamato?' E io dicevo Ciccio, come il signor Ciccio, il padre di Giuseppe. E lui impallidiva e gli occhi gli diventavano rossi e cadeva per terra morto un'altra volta, come quando aveva cominciato a lavorare."

La principessa madre si asciugava gli occhi e beveva il caffè, gettando piccoli, timidi sguardi alla signora Angelina che stava in piedi accanto al letto, gli occhi bassi per non intavolare la solita discussione; ma poi era fatale.

Angelina cercava di scusarsi, di farle capire che il nome del marito bisognava darlo al bambino, per la tipografia, per Giuseppe che ci teneva, per tutta la famiglia di lui in cui da generazioni si susseguivano Giuseppi e Cicci.

"Il bambino si deve chiamare col nome del padre di suo padre, lei lo sa principessa, lo sanno tutti."

E la principessa si mordicchiava il labbro per non lasciarsi sfuggire la verità.

"Sposo Maria che aspetta un figlio mio. Deve averlo tra un mese. Per otto mesi ci abbiamo pensato, per questo non l'abbiamo detto subito," aveva dichiarato Giuseppe a Ciccio e ad Angelina dopo quella notte in cui Maria aveva deciso di sposarlo, un attimo dopo che lui s'era messo in ginocchio davanti al suo ventre.

La principessa madre aveva dimenticato tutto: la storia dello zio e di Maria sui sacchi di farina; la loro fuga; i ritorni dal mercato con la reticella vuota, il ventre della figlia che cresceva, il matrimonio con il bottegaio. Nulla aveva più importanza: solo dare a quel bambino, che era tutto di sangue loro, il nome del principe.

Per anni e anni in famiglia si riuscirono a dimenticare i fatti più orrendi, i dolori più grandi, se c'era da difendere il loro sangue.

Il bambino senza nome e senza padre nacque una mattina all'alba dopo quaranta ore di doglie e dopo che Giuseppe e Francesca si erano più volte abbracciati, morti di paura. Francesca in quell'occasione – ma poi molte altre volte nella sua vita, tanto che quel sentimento le restò per sempre – capì che un bottegaio può a volte amare con più passione e generosità di qualsiasi nobile decaduto o non. E in quell'occasione prese ad amare Giuseppe e a proteggerlo dalla rabbia della sorella, dalle difficoltà della vita che si era scelto insieme a una principessa rovinata dal padre e dallo zio.

Giuseppe rimase seduto quaranta ore su una sedia accanto alla porta della stanza da letto della moglie, senza mangiare, dormire o bere una goccia d'acqua. Di fronte a lui la principessa madre teneva un rosario in mano ma non pregava. Non poteva assistere la figlia, non ne era capace.

Angelina entrava e usciva dalla stanza sudata, senza parlare. Ma a Giuseppe era tutto chiaro, non aveva bisogno di chiederle nulla: il destino si era beffato di lui; gli aveva messo sulla strada Maria e il suo bambino per poi portarglieli via tutti e due. Durante le trentanove ore in cui non si mosse dalla sedia, pensò a quale sistema avrebbe adottato per darsi la morte e andare via con loro. Nulla lo attraeva più in questa vita, ora che aveva vissuto quei mesi cercando gli occhi di lei ogni istante della giornata senza mai incontrarli. Alla trentanovesima ora di attesa, l'ostetrica uscì dalla stanza con la borsa e il cappotto.

"Morirà. Il bambino non ci tiene a uscire," disse facendo il segno della croce.

Giuseppe la fissò un momento, si alzò insieme alla principessa madre e a Francesca. Entrarono nella stanza in penombra, odorosa di marmo, sangue e pelle sudata. Angelina era ferma accanto a catini d'acqua fumanti, lo sguardo vinto fisso sul ventre di Maria duro come una pietra.

"La testa è alta, non scende," sussurrò senza guardare il figlio.

Giuseppe e Francesca si avvicinarono in fila al viso di Maria, bianco come i chicchi di madreperla del rosario che le mani sgranellavano freneticamente; le labbra inseguivano paroline soffiate alla velocità del suono, incomprensibili.

Francesca capì prima ancora di Giuseppe. Accostò il viso alle labbra per udire la preghiera della sorella:

"Dannati tutti, dannato lui e me stessa, dannata la mia famiglia nei secoli dei secoli, gatti neri, scale rovesciate, tredici a tavola, sale passato di mano in mano senza gettarselo dietro le spalle, se questo bambino non si chiamerà Ferdinando e non farà vergognare quel bastardo davanti a tutta la città, tanto che ne morirà nel modo più infamante per un principe napoletano discendente da un guerriero crociato..."

Francesca fermò l'incantesimo con uno schiaffo micidiale. Gli occhi di Maria si aprirono a molla colmi di un odio senza fine, mentre il ventre si ammorbidiva e il bambino, imprigionato per volere della madre, si preparava alla discesa.

Maria si contrasse di nuovo.

"Morirai anche tu con lui, cretina!" le soffiò Francesca.

"Meglio così," mormorò lei tra una maledizione e l'altra.

"Mia moglie non morirà, e neanche il suo bambino che sarà mio e si chiamerà Ferdinando."

Maria guardò il marito per la prima e l'ultima volta nella sua vita. Francesca ne fissò gli occhi fieri con cui sfidava il mondo e tutti i suoi nemici, capeggiati in quel momento dalla madre Angelina.

"Il sangue non è acqua!" mormorò Francesca abbracciandolo, dimenticando che Giuseppe non aveva nulla in comune con crociati, nemici turchi, principi napoletani.

Negli anni, quando le ricordavano quella frase fuori posto, Francesca avrebbe inventato la famosa teoria della nobiltà d'ingegno e del sangue plebeo che può nobilitarsi a forza di stampare bigliettini con corone e titoli.

Angelina non ebbe il tempo di piangere, di opporsi, di gridare. Il bambino scendeva ora vorticosamente, ma al rovescio, gambe in giù, testa in su. Ne bloccò fulmineamente la discesa, lo rigirò dentro il ventre della nuora come una fettina in padella e lo prese al volo, consegnandolo al padre.

Giuseppe e il bambino Ferdinando, nato pulito come un fazzolettino inamidato, si guardavano innamorati, soli al centro della stanza, in mezzo al frenetico andirivieni delle donne che aprivano le finestre al sole, cambiavano le lenzuola, stendevano lini e merletti, perché nel bianco immacolato doveva essere presentato il piccolo principe alla madre, alla famiglia, alla città.

4.

La conversa Anna, divenuta marchesa e abbandonata dal marito perché troppo in carne, sfogava la sua rabbia ordinando vestiti da cerimonia per sé e per i quattro figli. Del suo passato di conversa aveva conservato il gusto per i tessuti bianchi lavorati a mano, per i bauli di biancheria candida, per le cuffiette e le scarpe da bambina.

Tutti i giorni usciva dal palazzo e, in corteo, con i quattro figli al seguito, si faceva portare alla sartoria Corona. La signora Corona l'attendeva sulla soglia della sala prove con il solito sorriso a piene labbra tinte di rossetto a cui la conversa Anna e i figli rispondevano mugugnando.

"Marchesa, marchesa, proprio oggi abbiamo ricevuto il cadis da Parigi, quello pesante che le piace tanto."

Mia nonna Francesca era già accanto allo specchio, con la stoffa sulle braccia e gli spilli nella borsetta di panno appuntata alla vita. Non sapeva che il marito della marchesa era l'uomo col fiore bianco all'occhiello intravisto a teatro, l'uomo a cui aveva donato come una conversa le sue fantasie d'amore; trovava la marchesa brutta, infelice e tiranna.

Cominciava la prova eterna. Francesca appuntava spilli, li toglieva infilandoseli velocemente in bocca, tirava su e giù l'orlo, faticava intorno alla figura della marchesa Anna, cercando di nascondere con la stoffa il ventre, i seni cadenti, i fianchi ingrossati. E la marchesa era sempre scontenta: vedeva l'immagine del suo corpo nello specchio e si struggeva di rabbia e rimpianto per le ossa di una volta che avevano sedotto il marito. Si dava a quell'esercizio crudele con foga davanti agli occhi dei figli a cui rimproverava il suo destino.

"Quattro gravidanze una dietro l'altra e ora niente mi sta come prima."

"Quattro gravidanze, marchesa, e sembra una ragazza!" le strillava la signora Corona.

"Quattro gravidanze!" pensava con orrore Francesca, ignorando il destino che le avrebbe fatto procreare sei figli con lo stesso uomo.

"Gli ultimi modelli arrivati da Parigi le staranno un incanto, marchesa!"

Francesca correva nello stanzino accanto alla sala prove e ne usciva camminando leggera, a piedi nudi, con i nuovi modelli di Parigi che le cadevano perfettamente, sembravano tagliati su misura per lei. La marchesa, vedendola, dimenticava il suo corpo, i quattro figli, i tradimenti del marito. Li acquistava tutti, sicura che su di lei avrebbero fatto lo stesso effetto.

Fu così che Francesco rivide Francesca dopo averla cercata per mesi, anni, stagioni e avere infine rinunciato a cercarla.

Gli ultimi passi verso lo stucco dorato della porta; poi si sarebbe voltata per un altro giro.

"Avanti, signorina, lo mostri ancora alla marchesa!"

Era così stanca; e non c'era nulla che potesse intravedere nella sua vita futura; né un uomo né un vestito come quello con cui passeggiava già da mezz'ora nella sala prove odiata più della sua miseria.

Mi è chiaro ora perché non lo lasciò mai più, malgrado gli abbandoni, i tradimenti, la fame. Erano perfetti in quel momento: ognuno accanto a una della porte della sala; il parquet lucido tra loro, vestiti da gran sera, pronti al primo ballo. Mancavano solo tre cose: le scarpe di Francesca, il fiore bianco che aveva giurato di indossare fino alla morte, e il ballo.

"Come sei gentile, Francesco, a essere venuto," sospirò la marchesa innamorata, dopo aver cercato lo sguardo del marito fisso sulla sartina della Corona, e prima di rotolare svenuta sul parquet lucido tra i loro vestiti da sera.

La marchesa non uscì mai più dal suo palazzo. Forse per paura che la principessa travestita da sartina potesse venirci ad abitare; forse perché odiava la luce del sole ed evocava il fresco buio della celletta da conversa, il silenzio dei corridoi, il piedino della statua di Maria con il bambino su cui le sette sorelle di Francesco si chinavano a piangere il loro amaro destino che mai le avrebbe rese madri.

La casa in cui andò ad abitare Francesca incinta del primo figlio si affacciava sul mare. Nelle stanze del vecchio palazzo di proprietà di Francesco si aggiravano, in cerca di qualcosa da fare, una bambinaia, una coppia di camerieri, un autista e un cuoco. Maria ci pensava con rabbia. Sua sorella era tornata a fare la principessa, incinta di un marchese, si alzava a mezzogiorno e chiedeva la colazione a tre persone di servizio.

"Ma tu hai un marito legittimo," cercava di consolarla la principessa madre, sperando che gli eventi le suggerissero il modo più signorile per traslocare da una figlia all'altra.

Francesco bussava al portone della sua seconda casa a notte inoltrata. Cenava con i quattro figli avuti dalla conversa, con i suoi genitori bigotti che sapevano tutto e allungavano il pranzo ogni sera per fargli dispetto. Si cominciava col recitare dieci avemarie e dieci padrenostri, poi venti, poi trenta, si finiva con la cassata siciliana e l'atto di dolore per pentirsi dei peccati della carne.

Francesco bussava al portone della sua seconda casa con un impeto che terrorizzava la servitù e faceva sorridere Francesca. Ringraziava la conversa e i genitori di lui per averlo trattenuto così a lungo. Le risparmiavano la fatica delle strategie d'amore. Ma non ce ne sarebbe stato bisogno. Francesco la desiderava più del tavolo verde al circolo, più di ogni sigaro, più di tutte le donne magre a cui aveva dato la caccia in quegli anni di matrimonio. In che cosa consistesse quell'amore, Francesco lo capì solo prima di morire, molti anni dopo.

I suoi quattro figli legittimi, invecchiati male, lo fissavano con paura intorno al suo letto di morte. I sei figli avuti da Francesca aspettavano sulla soglia della stanza a cui non avevano accesso. Con un gesto li fece avvicinare. Il coro di preghiere crebbe nella stanza in un'ondata di dissenso. Le sue cinque figlie illegittime e l'unico figlio maschio si sostituirono agli altri. I loro sguardi celesti, i loro capelli chiari e le piccole differenze gli ricordarono distintamente i sei incontri, tra tutti gli altri, che li avevano fatti nascere.

"Come sta Francesca?" chiese loro senza voce.

"Bene. Si è fatta un vestito nuovo per il tuo funerale. Ha detto che nessuno le impedirà di venire, gliel'hai promesso," gli rispose Lisa, la prima figlia.

Francesco chiuse gli occhi con un sorriso stanco e capì in quell'istante perché, malgrado l'avesse abbandonata, messa incinta, tradita innumerevoli volte, avesse continuato ad amarla per tutti quegli anni: era indistruttibile e non dimenticava nulla. Non si era mai arresa alla sua superficialità.

Quel giorno di molti anni prima, dopo aver partorito la loro prima figlia nella casa di fronte al mare, Francesca mise da parte la felicità e lo guardò con durezza. Francesco esaminava la bambina in braccio alla bambinaia, la prima della serie dei suoi sei bambini belli e biondi.

"Chiederò a Dio che li faccia nascere tutti tanto belli e magri da farti restare. L'unica cosa certa è che verrò al tuo funerale. Non posso sposarti, ma quella volta in chiesa con te, davanti a Dio e con un vestito nuovo, ci sarò. Pazienza se invece che bianco sarà nero. Il nero è anche più elegante."

Francesco rise, ma nell'espressione dura dei suoi occhi capì che doveva prometterle di sposarla il giorno della sua morte.

Lisa, la prima figlia, cresceva alta e magra, con due piccoli occhi celesti e i capelli biondo scuro. Francesco la trascinava lungo i corridoi di mattonelle colorate di stemmi del palazzo affacciato sul mare. La bambinaia continuava a non avere nulla da fare. Francesca aveva allattato la figlia, come poi tutti gli altri, fino a tre anni, e il padre innamorato giocava con lei per ore dimenticando la rabbia dei polsini sporcati di saliva, dei pantaloni sgualciti nel gioco. I figli avuti dalla conversa lo temevano, rispettavano le sue furie, il suo ordine maniacale, la sua cura dei vestiti fino alla demenza.

Lisa non riuscì mai nella vita a odiare il padre come le sue sorelle. Di fronte alle accuse peggiori, ricordava gli occhi ironici e i baffi, il viso accaldato per lo sforzo di farla volare nei corridoi vuoti fino al balcone davanti al mare.

Quella notte Lisa era andata a letto tardi. Il padre non si era visto da due giorni. Francesca l'aveva mandata a letto con la famosa tazza di latte e biscotti di quando era stanca e d'umore nero e che Lisa dava al suo gatto rosso con lo stesso umore della madre. Dormiva, e nel buio del sogno si affrontavano con le unghie e con i denti un gruppo di cani neri famelici e una banda di gatti rossi comandati dal suo. All'improvviso la rissa si interruppe, il suo gatto si rizzò sulle due zampe e iniziò a urlare contro il capo dei cani neri.

"Non ti hanno visto al circolo. Né oggi né ieri. Dove sei stato!"

"Sono stato al circolo."

"Non c'eri! Perché menti? Perché menti? Con chi stavi? Con chi?"

Lisa aprì gli occhi e riconobbe le voci della madre e del padre; si rincorrevano per i corridoi della casa.

Da uno spiraglio della porta socchiusa della loro stanza da letto, li vide come li avrebbe spiati poi centinaia di volte, insieme alle sue sorelle non ancora nate: la vestaglia lunga della madre sbatteva come le ali di una farfalla prigioniera ai quattro angoli della stanza, e Francesca, dentro la vestaglia, sembrava inseguire la farfalla, gli occhi fuori dalle orbite, dominata da un fuoco di rabbia e odio più forte della decenza e di ogni ragione.

Lui era seduto al centro della stanza, nel suo vestito da sera ciancicato, le occhiaie gonfie, gli occhi impassibili.

Avrebbe lasciato quella donna. Era la sua rovina. Era incinta di nuovo. Lisa si sarebbe fatta donna anche lei, si sarebbe ingrassata. Tutt'e due grasse e risentite. Doveva andarsene. Si alzò; ne fermò il giro insensato, la strinse, abbracciandola con una passione che Francesca scambiò per amore.

Passione e amore si sarebbero confusi in famiglia per generazioni.

Il medico disse che i bambini erano due. Un miracolo, perché fino alla visita precedente ce n'era sempre stato uno solo. Così Francesca si convinse che quell'ultima notte, prima di sparire, di fuggire da lei e dalla città, Francesco l'aveva messa incinta di un altro figlio. Nacquero a distanza di dieci minuti l'una dall'altra, ma una dimostrava nove mesi e l'altra sei.

Le gemelle Anna e Maria, fino a tre anni, non conobbero il padre. Francesca tornò alla sartoria Corona quattro volte senza essere ricevuta; bussò alla porta di ogni negozio di vestiti fino a quella della sartina più misera della città. Tutti sapevano la sua storia. Nessuno le diede lavoro. Sul balcone davanti al mare, nella casa che stava per lasciare, con le due gemelle in braccio, Francesca maledisse Napoli piccola e sporca di menzogne come un cortile di paese.

5.

Francesca, Maria e la principessa madre giocavano a carte fino all'alba nella sala da pranzo della casa del tipografo. Giuseppe, tutto contento, aveva aggiunto una seconda corona sul battente della porta d'entrata. La principessa madre ringraziava il dolore alla gamba – prima inventato per uscire a passeggio con il bastone del principe e poi fattosi realtà con gli anni – che le aveva ritardato la decisione di traslocare dalla figlia più fortunata, nel palazzo sul mare, servita dalla coppia di camerieri, dall'autista, dalla cuoca e dalla bambinaia. Ora Francesca non aveva più che le due gemelle da allattare a turno e Lisa lontana, spedita in un collegio della costiera.

"La retta non la devi pagare?" le chiedeva Maria mischiando le carte.

"La pagherò. Mi fanno credito. Sono monache che conosco."

Francesca taceva la sua vergogna; cercava di non pensarci; si alzava presto ogni mattina, lasciando le gemelle alla principessa madre e alla sorella, e usciva a cercare lavoro. Ogni notte, con le gemelle accanto, pensava a quando sarebbe andata a riprendere Lisa e le avrebbe descritto la nuova casa e la sua stanza.

Per qualche notte, subito dopo la fuga dal palazzo sul mare, Lisa si era addormentata sul divano nel salotto della casa di suo zio Giuseppe. Accanto alla stanza di Giuseppe e Maria, dormivano i loro tre figli: Ferdinando, Ciccio e Angelina. Maria aveva dovuto cedere alla suocera due nomi in cambio di quello del primogenito, ma era già in attesa della quarta figlia che avrebbe chiamato Francesca come la sorella.

Lisa guardava le luci della città passare sul soffitto. Pensava al padre. Lo immaginava al circolo, in un vestito blu notte, il fiore bianco all'occhiello appassito per il fumo, oppure sul lungomare a passeggio con un'altra bambina come lei a cui faceva da padre. Da qualche parte dovevano pure esistere i figli e la famiglia che lo avevano allontanato da lei.

Ogni notte Lisa pensava al padre, guardando il soffitto delle stanze in cui si addormentava, per i tre anni in cui Francesco abbandonò Francesca, le gemelle Anna e Maria e la sua breve felicità senza colpe.

Guardava il soffitto nel dormitorio del collegio delle suore che le avevano rivelato subito il segreto della retta non pagata.

Aspettava, sicura che un giorno o l'altro l'avrebbe visto con la sigaretta in bocca, i capelli pettinati all'indietro e gli occhi ironici, attraverso la grata del cancello d'entrata che dava sul cortile in cui giocavano. Nel frattempo cercava di mangiare poco per crescere alta e magra come piaceva a lui, e sveniva ogni mattina alle sei durante la messa.

Francesca andava a trovarla ogni tre settimane e la madre superiora ripeteva ogni volta la stessa frase.

"Entra in chiesa in fila con le altre e cade a terra. Ma si abituerà. Tutte si abituano alla messa."

"È l'incenso, mamma, mi fa venire voglia di dormire."

"Non si può lasciarla nel suo letto? È allergica all'incenso," mormorava Francesca all'orecchio della suora, seguendo con lo sguardo le due gemelle Anna e Maria che giocavano con Lisa nel cortile.

"Lasciarla senza messa nella sua condizione, signorina!"

Francesca non replicava né al rifiuto né al "signorina"; Anna e Maria crescevano, sempre a distanza di tre mesi una dall'altra, e nella sartoria di abiti sacri dove aveva trovato lavoro, la pagavano poche lire l'ora.

Dietro la grata del cortile, quel giorno d'estate, Lisa non vide apparire il padre come nei suoi sogni, ma suor Lucia che teneva per mano le gemelle.

"Ora staranno con te," le disse dolcemente la suora con l'aria da bambina crudele. "La madre superiora le ha accettate. Il comune pagherà anche per loro la retta di figlie della colpa."

Lisa non capì esattamente perché, ma arrossì.

Per generazioni in famiglia si preferì stare sempre tutte insieme, sedute attorno a un tavolo di poker, piuttosto che arrossire senza sapere perché davanti a un estraneo.

Mia nonna Francesca cuciva...

– No, non cuciva, tagliava. È molto diverso. Era talmente portata e aveva così tanto gusto che l'avevano messa al taglio subito, anche nel negozio di abiti sacri.

– E dopo?

Mia madre si distende sul letto, nella penombra satura di fumo di un'altra notte passata in bianco.

– Dopo niente. Non ho voglia di parlarne. Se ne avessi avuto voglia, l'avrei scritta io questa storia.

– Ma non la sto scrivendo, mamma, ne stiamo parlando, così, per far passare il tempo.

– Ho mal di testa e la schiena a pezzi.

– Dovresti andare a letto prima.

– Sto male perché non ho dormito, punto e basta. Succede ogni notte, non lo sai?

– Sei andata a letto tardi perché hai giocato.

– Tardi... una partitina con le sorelle. Alle due dormivo.

Si accende una sigaretta. Sapevo che avrebbe smesso di raccontare, ora che suo padre Francesco stava per ritornare da sua madre Francesca. Avrebbero vissuto insieme per un po'. Quanto è impossibile saperlo, come è impossibile sapere le date, la lunghezza dei periodi, la verità che non sia quella romanzata, e sarebbe nata lei.

– Dai, mamma, e dopo?

– Dopo lui è tornato.

– Quando?

– Non lo so. Non mi ricordo. Non ero ancora nata.

– Ma perché siete andati a vivere proprio a Milano?

– Perché papà aveva trovato lavoro là. Cambiava i lavori come fossero vestiti. Quando si stufava, se ne andava.

– Come con voi?

– Sì, ci lasciava allo stesso modo. Quando non ne poteva più della vita familiare o quando incontrava un'altra donna. Lisa lo ha sempre difeso, ma non è mai stato né un padre né un marito, solo un bell'uomo di cui mamma è stata innamorata tutta la vita.

– E da cui ogni tre anni aveva un figlio.

– Sì, anche quello, ma non ne parliamo. Lo vedi che non sei capace di capire nulla. Sei buona solo a giudicare. E invece il giudizio non serve proprio a niente.

Ha ragione lei. Lo so.

– C'era il fascismo, e poi c'è stata la guerra, ma non ne parlate mai, come non vi avessero toccato, – le dico perché ora mi sento insicura.

– Che scemenza! Te l'ho raccontata mille volte la storia di tuo zio che si era nascosto per non farsi prendere dai tedeschi, e di Lisa che aveva camminato per venti chilometri per portarci un po' di pane.

– Sì, ma sono delle scenette.

– Scenette. Sono le conseguenze pratiche della guerra. L'unica cosa che ricordo di quel periodo è la paura dei tedeschi e la polenta che mi aveva fatto diventare grassa e brutta. Sono sempre stata più grassa di Lisa e per questo papà non mi ha mai voluto bene come a lei.

– Già, gli piacevano solo le donne magre.

Muove, verso la finestra bianca di calore e fumo, gli occhi celesti ancora di bambina non abbastanza ossuta.

– Comunque, per tornare al fascismo, mi avevano scelto

come giovane lupa. Ero brava in ginnastica. Cosa fosse veramente il fascismo l'ho capito quando tutto finì. Per molti è stato così, sai.

– Sì, mamma, non è che ti devi difendere.

Si tira su e mi guarda con violenza.

– Difendere... Pensi che io sia sempre insicura come quando ho sposato papà. Mi fai raccontare tutte queste cose per usarle poi contro di me.

Ride prima che io abbia il tempo di difendermi.

– Ti interessano queste storie perché ti credi superiore. Ma in realtà cerchi di capire perché non riesci ad avere una vita normale, perché ogni uomo che incontri ti sembra inadeguato e ti innamori solo di mascalzoni, perché non sai vivere con i soldi che guadagni e sei piena di debiti, perché sei sola con due figli.

Ha colpito improvvisa. Sento che gli occhi mi si velano fatalmente di lacrime. Mi abbraccia. Sono dentro al suo letto caldo, con il viso sulla manica della camicia da notte di flanella. Mi asciugo gli occhi, mi stacco da lei per respirare.

– Andiamo a fare una passeggiata, mamma.

– Ho mal di testa e la schiena a pezzi. Credi che stia a letto perché mi fa piacere?

– Dài, mamma, non cammini mai.

Si alza e sceglie il vestito nell'armadio.

– Camminare perché fa bene è una noia. Camminare nei parchi è da vecchi. E poi tutti i giorni vado a fare la spesa.

Si volta.

– Mi accompagni a fare la spesa?

6.

Il piccolo e delicato capo della principessa madre poggiava su dodici cuscini di piume. Angelina la guardava, ferma accanto al letto, e intanto girava il cucchiaino nella tazzina del caffè già da una ventina di minuti. Aveva deciso di parlare chiaro quella mattina. Va bene che erano principesse, va bene che erano cadute in disgrazia. Ma c'era un limite a tutto.

"Come si sente oggi, principessa?" le chiese brusca perché si rendesse conto che non era la solita domanda di ogni mattina.

"Come vuoi che mi senta, Angelina, credi che stia a letto perché mi fa piacere? Ho mal di testa e la schiena a pezzi."

Angelina era decisa a non cedere ai suoi sentimenti.

"Dovrebbe andare a letto prima, principessa."

La principessa madre, piena di stupore, fissò dal suo letto la consuocera in piedi: era un evidente atto di insubordinazione, di rivendicazione, di chissà quali altri sentimenti ostili e violenti.

"Cos'hai detto?" le chiese facendola arrossire.

"Niente. Era un po' tardino ieri sera, principessa."

"Tardi... Ho fatto una partitina a carte con le mie figlie. Neanche questo possiamo fare? Alle due dormivo."

"Ho sentito la porta della stanza di Maria che si apriva alle cinque, principessa."

La principessa madre staccò il capino dai dodici cuscini per bere il caffè ormai freddo.

"Non sta bene spiare, Angelina."

"Hanno litigato, principessa, Maria ha urlato a Giuseppe delle cose terribili."

Angelina cercava di trattenere le lacrime ma non ci riusciva: troppi dolori aveva ingoiato in quegli anni di convivenza.

"Lo ha chiamato bottegaio, tirchio, cafone. Giuseppe..." mormorò tra le lacrime.

"E Giuseppe cosa diceva?"

Angelina si asciugava il naso. Ma ormai le lacrime la soffocavano.

"Giuseppe..."

La principessa madre si alzò dal letto con un salto da acrobata. Le lacrime di Angelina si bloccarono sulla guancia, in attesa.

"Cosa diceva Giuseppe?"

"Niente, principessa, le vuole troppo bene."

"Cretino!"

La principessa madre infilò la vestaglia di lana del marito defunto, e per la prima volta nella sua vita si sentì pronta al combattimento.

"Cretino! Doveva schiaffeggiarla!"

Andò vicino ad Angelina, la fece sedere sul letto a forza, le asciugò le lacrime.

"Ascoltami bene, Angelina. Essere una principessa poteva anche avere un senso una volta, ora non siamo che una razza di delinquenti che si aspettano di non essere mai puniti. Se non l'ha schiaffeggiata Giuseppe, lo farò io! E inoltre ce ne andremo, io e mia figlia Francesca. Quell'altra pazza! Tre figli con un uomo, un marchese sposato, che è sparito e l'ha lasciata senza niente. Lo vedi che razza di delinquenti siamo! Ce ne andremo, Angelina, e tu Maria la devi sgridare come una figlia. E Giuseppe deve finirla con quella fissazione di stampare bigliettini con corone e stemmi. Ingegnere, avvocato, giudice, deve scrivere, e nient'altro!"

"Principessa, cosa dice?"

"Dico quello che farò. E inoltre non permetterò più a nessuno di portarmi il caffè a letto, e mi cercherò un lavoro, anche se dopo forse morirò di un colpo come mio marito."

Maria si ricordò negli anni della madre e della sorella a braccetto che lasciavano la sua casa. Non aveva pianto una sola lacrima davanti agli improperi della madre, alla sua decisione di andarsene con Francesca. Non voleva dare soddisfazione a nessuno, né a Giuseppe, né ad Angelina, né alla madre e alla sorella, che se ne andavano libere incontro alla miseria.

Le guardò allontanarsi a braccetto sulla soglia di casa, con i tre figli accanto, gli occhi asciutti e le mani strette alle fasce della piccola Francesca di appena due mesi.

Le due donne si voltarono un'ultima volta. La principessa madre distolse lo sguardo e si appoggiò al bastone stancamente.

"Povera Maria, il sangue non è acqua, in fondo non sono che bottegai, tirchi e cafoni."

Nella stanza buia e umida sopra il negozio di abiti sacri, Francesca imparò a cucinare, a far odorare di pulito ogni giorno il letto, la cucina, il bagno. Imparò a scuotere il babà al rum finché non montava; a strofinare ogni mattonella e piatto sbeccato che ci fosse in casa. A tenere sulla finestra un vasetto con gli odori sempre freschi. A cucinare il famoso ragù e la lasagna. Nessuno le insegnò niente, lo aveva nel sangue.

La principessa madre non imparò nulla nella stanza buia e umida in cui erano andate ad abitare. Cercò con tutte le sue forze di mantenere la promessa fatta ad Angelina, ma riuscì solo ad alzarsi la mattina alle undici invece che a mezzogiorno e a cucire al rovescio i bottoni neri delle tonache che Francesca tagliava e imbastiva fino a notte fonda.

La domenica in cui non andavano a trovare Lisa e le gemelle Anna e Maria al collegio, si premiavano giocando a scopa con Licia, la padrona di casa.

Francesca tagliava e cuciva i vestiti anche per lei.

“Una ragazza così bella che non trova marito, che non esce mai,” diceva la signora Licia controllando l’orlo. La lasagna, il babà, la casa pulita e il vasetto di odori freschi sulla finestra non erano per le figlie, quando sarebbero tornate, ma per Francesco, anche se non lo avrebbe mai confessato a nessuno.

Sapeva poco di lui: era andato al nord a lavorare per dimenticarla, o per sfuggire alla conversa Anna e ai suoi figli legittimi, o forse rincorrendo un’altra donna conosciuta chissà dove.

Francesca capì solo molti anni dopo, in una sera d’agosto, nella villa al mare in cui passava ogni estate con noi, perché aveva inseguito tutta la vita il sogno di fare di Francesco un marito e un padre vero.

La vedo seduta su una poltrona di vimini sotto l’archetto bianco del giardino, con il naso già allungato, il corpo sempre magro, gli occhi celesti segnati da piccole borse incipriate. Guardava il mare. Ci sarebbe stata una festa; amici della figlia, del genero, delle nipoti sarebbero venuti a godersi il fresco della sera. Tutti i personaggi della sua storia erano già morti: la principessa madre, sua sorella Maria, Giuseppe, Ciccio, Angelina, la signora Licia e molti altri. Anche Francesco. Era un’invitata alla vita degli altri. Si sentì felice e comoda seduta sulla poltrona davanti al mare, nel giardino della figlia, invitata a una festa non sua.

Ricordò il primo incontro con Francesco nel teatrino di Napoli, quella sera in cui non sapeva nulla di lui e si sentiva felice perché aveva il cappello a larghe tese di paglia di Firenze regalatole dal padre, così come lo era in quel momento perché la sedia di vimini era comoda e il giardino profumato.

L’aveva incontrato il giorno in cui era iniziato il loro destino di nobili napoletani rovinati dalla passione del gioco. Si chiese se era stata la suggestione di quel giorno, nel ricordo, ad averle fatto coltivare il sogno insensato o un disegno inafferrabile che l'aveva quel giorno destinato a lei. Né l'una né l'altra cosa. Qualcun altro aveva deciso al suo posto. Era stata un'invitata anche alla sua vita.

Persa tra i rami dell'albero dei suoi antenati, nelle infinite genealogie di tutta la nobiltà napoletana decaduta, nelle generazioni di abitanti della città, dei contadini e proprietari terrieri di tutto il regno delle Due Sicilie, c'era la donna che si era comportata come lei, e senza saperlo l'aveva indotta a fare la stessa scelta.

Quell'uomo elegante e profumato, con il fiore bianco all'occhiello, era stato amato tutta la vita da quella donna, non da lei.

Seduta sulla sedia di vimini nel giardino profumato, mia nonna si sentì per la prima volta se stessa: una zitella incallita, una missionaria d'Africa, una poetessa solitaria in giro per gli alberghi di tutto il mondo a scrivere versi.

Capì di essere fredda e dura come l'acciaio. Di amare sopra ogni cosa lo studio, il silenzio, la concentrazione. Di poter vivere senza uomini e senza bambini.

Cercò nella sua vita qualche traccia di se stessa e ne trovò una sola.

Nella piccola stanza umida e buia dove era andata ad abitare con la principessa madre, vicino al davanzale con il vasetto degli odori freschi, Francesca cuciva e pensava a cosa avrebbe comprato con quei pochi soldi guadagnati. Non erano sufficienti per cercare una casa, né per fare tornare Lisa, Anna e Maria.

Mentre ci pensava, una voce le formulò con chiarezza il suo desiderio: l'enciclopedia vista nella vetrina di libri accanto alla sartoria sacra.

Non le serviva a nulla, non sapeva dove avrebbe sistemato i venti volumi, eppure con chiarezza capì che era sua. La comprò senza esitazioni. Iniziò a consultarla ogni volta che aveva un dubbio su una parola, un sentimento, un'opinione, una malattia, un concetto filosofico o scientifico.

Negli anni successivi a quella sera nel giardino profumato, si dedicò anima e corpo alla zitella colta che sentiva di essere, praticando l'uso dell'enciclopedia con tutta se stessa, senza cedimenti.

Ogni parola, la più spirituale, la più sacra, la più sentimentale, la più istintiva e detta senza pensare – soprattutto quella – doveva essere definita dall'enciclopedia prima di poterne parlare. Nessuna discussione aveva consistenza senza l'enciclopedia. L'enciclopedia raffreddava gli animi più passionali. Riusciva a raffreddare anche le sue figlie appassionate di discussioni, litigi e riappacificazioni.

Nell'enciclopedia c'erano tutte le ricchezze della terra, dell'acqua, del cielo, del pensiero. Mia nonna non se ne separò mai.

Molti anni prima di quella rivelazione nel giardino al mare, Francesca si addormentava ogni sera, nella stanza buia e umida sopra la sartoria sacra, con il viso di Francesco davanti agli occhi e il desiderio rabbioso di riaverlo accanto anche fosse per una notte.

Era stato visto al circolo con una donna tanto magra da sembrare in fin di vita, in una macchina bianca con autista sul lungomare, ospite nella villa dei principi di Castelbianco, durante la famosa stagione in cui era diventato l'amante della principessa, di sua nipote e della cameriera, e aveva infine avuto altri tre figli da un'attrice che si era poi suicidata.

Francesca accarezzava con la fantasia ogni racconto, ed era lontana dalla verità come l'assetato nel deserto dalla pozza d'acqua due dune più in là.

La storia con l'impiegata del suo stesso ufficio era finita da un pezzo. Francesco l'aveva abbandonata quasi subito: il tempo di procreare con lei un bambino nato prematuro.

Una volta sparito Francesco, il bambino si abituò a passare nel corridoio davanti alla fotografia del padre con i fiori davanti e il lumino sempre acceso.

"Era tuo padre, un sant'uomo, è morto senza lasciarci niente, onora la sua memoria," gli aveva detto la madre.

Il bambino crebbe tranquillo e felice. Unico suo scopo nella vita fu di emulare senza riuscirci il padre sconosciuto, di essere alla sua altezza.

Una mattina di primavera, nella stanza da letto del palazzo che porta il suo nome, Francesco si era svegliato di soprassalto pensando a Lisa. L'aveva vista in sogno giocare in un cortile freddo con una bambola senza occhi, e poi precipitare con la bambola dal balcone del palazzo sul mare in cui le aveva abbandonate.

Era andato da Maria con un mazzo di fiori per Francesca e una bambola con gli occhi celesti come i suoi per Lisa.

Fu Ciccio, il padre di Giuseppe ad aprirgli la porta. Lo fece accomodare, cercando di nascondere come poteva le bretelle verdi sotto la giacca da casa.

"C'è il marchese in salotto. Ha un mazzo di fiori e una bambola. Cerca Francesca. Devo chiamare Maria?" aveva sussurrato ad Angelina in cucina.

"Vado io."

Angelina aveva gettato con foga le ossa del pollo appena disossato nella pattumiera e si era avviata verso il soggiorno. Non l'aveva neanche guardato in faccia, il marchese, l'aveva affrontato senza pensarci un attimo, con tutto l'odio accumulato per i nobili negli anni di convivenza con la nuora senz'occhi che il destino le aveva procurato.

"Francesca si è trovata un marito e un padre per i suoi figli," mentì come fosse la pura e semplice verità. "Non ne vuole più sapere di lei. E se anche mi facesse deportare, appendere a testa in giù ai bastioni o squartare come un cappone, non saprà mai dov'è. E ora lasci la bambola. Lisa l'avrà senza sapere da chi. E se ne vada con i fiori che puzzano di morto."

Francesco si lasciò portare via la bambola e si ritrovò nell'ingresso buio senza accorgersene. Non aveva mai pensato che un uomo potesse prendersi Francesca, Lisa e le due gemelle Anna e Maria. L'unica cosà che gli restava da fare prima di morire era scovarlo e squartarlo come un cappone, esattamente come aveva detto Angelina. Riprendersi Francesca e metterla incinta per altre dieci volte e lasciarla venti, finché nessun uomo potesse sognare qualcosa vedendola.

Le cercò in tutti vicoli della città tranne in quello in cui abitavano. Finì per rinunciarci, ma non così Lisa.

Un giorno, in collegio, dopo l'abituale svenimento in chiesa durante la funzione del mattino, accanto al suo letto in cui si era risvegliata, aveva trovato la bambola con gli occhi celesti come quelli del padre. Nessuno seppe dirle come era arrivata fin lì. Angelina aveva mantenuto la promessa.

Lisa l'amò come una fidanzata mandata dal cielo, una messaggera celeste del padre mai dimenticato. L'amò a tal punto, e con una furia così incontrollata, che prese a morderla la notte tra le lacrime e scoprì, nascosto nella stoffa del vestitino di velluto, un minuscolo cartoncino con l'indirizzo e il nome del fabbricante, un certo Gerolamo Pelliccia.

Lisa staccò il cartoncino con i denti, lo imparò a memoria prima di ingoiarlo per sempre.

Attese mesi con una pazienza e un buonumore di cui nessuno la credeva capace. Non sveniva più in chiesa, amava le sue compagne, studiava, e pregava. Aspettava Natale, e raccontava tutte le sere alle gemelle Anna e Maria come il padre sarebbe venuto a prenderle e insieme a Francesca sarebbero andate a vivere nel palazzo sul mare, avrebbero giocato nei lunghi corridoi di piastrelle colorate.

Il giorno della Vigilia, Francesca sbatteva il babà con la stessa forza con cui avrebbe voluto sbattere al muro la testa di Francesco finché non fosse morto. Allora il pensiero di lui sarebbe finalmente cessato e avrebbe potuto preparare il pranzo di Natale almeno una volta senza mischiare lacrime ai cavoli dell'insalata, sangue al babà che cresceva come la sua ira. Lisa, Anna e Maria erano giù in strada a giocare con la figlia della portiera che si vantava con loro dei regali del padre. Così almeno le aveva lasciate cinque minuti prima.

Quindici minuti dopo, Lisa tirava le due gemelle per mano in uno dei vicoli dei quartieri spagnoli. Si fermò davanti all'insegna di un negozio di giocattoli. Entrò e prese a piangere a singhiozzi, accompagnata in controcanto dalle due gemelle. Un gruppetto di genitori tentò invano di interrogarle.

Lisa cessò di piangere solo davanti al viso bonario ma furente di Gerolamo Pelliccia.

"Papà ci ha lasciato ad aspettarlo qui e non torna. Si chiama Francesco, è marchese e ha gli occhi celesti come questa bambola. Non sappiamo tornare a casa da sole. Usciamo solo con la bambinaia, l'autista e la signorina francese."

"Le figlie del marchese!"

Gerolamo Pelliccia affittò un'auto, e le accompagnò fino al palazzo del marchese. Era Natale e una buona mancia a chiusura di giornata ci stava bene.

Anna e Maria guardavano le luci della città dal finestrino della macchina pensando di essere già nel sogno di Natale raccontato da Lisa. Ora l'auto si sarebbe fermata davanti al palazzo sul mare, e il padre sarebbe venuto loro incontro con i regali.

Il portone del palazzo abitato dalla conversa e dai suoi quattro figli legittimi era chiuso e impenetrabile come una cassaforte senza serratura. Gerolamo Pelliccia si attaccò alla campanella. A ogni nuova scampanellata, Lisa sentiva l'eco del battito del suo cuore nel silenzio della strada.

Quando avevano ormai perso la speranza che qualcuno venisse ad aprire, si affacciò un cameriere con le mani giunte in preghiera, lo sguardo d'assassino.

"Le figlie del marchese che si sono perse," mormorò Gerolamo Pelliccia.

"Figlie ce ne sono già tre. La famiglia è al completo e prega prima di mettersi a tavola," rispose nero lasciando richiudersi il portone.

Gerolamo Pelliccia non aveva timore dei nobili ed era un buon padre. Con uno spintone fece indietreggiare il cameriere assassino e spinse le bambine nel cortile scuro del palazzo.

"Preghiere a casa mia non se ne dicono prima di mangiare, ma neanche un gatto randagio abbandonerei per strada la sera di Natale. Porta le bambine dal padre e digli che Gerolamo Pelliccia non vuole soldi da un marchese che si fa servire da un assassino come te."

Lisa non osava staccare lo sguardo dalle suole dell'uomo

che le precedeva nel corridoio interminabile. Teneva Anna e Maria per mano ammutolite di paura e rimpiangeva il babà di Francesca, la nonna, la partitina a scopa in attesa della mezzanotte.

Per generazioni in famiglia si subì la paura di camminare in corridoi lunghi se non in gruppo, di entrare da soli in un salotto pieno di gente, in una chiesa, in un negozio, senza almeno una sorella accanto. Tutti erano lì pronti a scannarli, a chiedere la loro pelle, come temeva ora Lisa che avrebbe preferito non vedere il padre per il resto dei suoi giorni.

La conversa svenne subito all'annuncio del cameriere e non ci fu bisogno di soccorrerla perché mangiava, da quando era ingrassata, su una sedia a lettino.

I figli legittimi si alzarono tutti insieme. La nonna legittima non si mosse perché era sorda. La zia monaca iniziò a pregare malgrado avessero appena smesso.

Francesco fissava Lisa e non gli venne in mente neanche per un attimo che l'aveva abbandonata e ridotta a ingoiare lacrime e rabbia ogni notte nel dormitorio del collegio; pensò solo che era magra e bella, gli somigliava e aveva vinto la vergogna per cercarlo. Si alzò, prese due bignè alla crema su un vassoio d'argento e glieli porse andandole vicino. Poi si voltò verso la sua famiglia legittima.

"Questa è mia figlia Lisa. Ora vi lascio e me ne vado con lei dalla donna che amo. Forse non mi rivedrete mai più."

La prese in braccio e uscì dalla sala. Il pianto di Anna e Maria, nascoste dietro le due console gemelle all'entrata della sala da pranzo e abbandonate dal padre ancora prima di conoscerlo, lo fece rientrare.

Le esaminò prima di prenderle per mano. Notò che Anna era più magra di Maria e ancora più bella di Lisa. Da quel giorno Anna sostituì Lisa e divenne la sua prediletta.

Se ne andarono davanti agli occhi della servitù, commossa per il trionfo dell'amore. Lisa in braccio al padre, Anna tenuta per mano, e Maria che rimaneva indietro e addentava un bignè alla crema.

Nella stanza umida sopra la sartoria sacra, per tutta la

settimana di Natale, Francesco e Francesca litigarono e si schiaffeggiarono a turno. Lui dopo avere invano cercato sotto il letto, sotto i pochi mobili, tra le tuniche e i paramenti della sartoria, l'uomo con cui lei lo aveva tradito.

Lei colpendolo senza pietà per l'impiegata con il figlio ormai orfano, per la nipote e la cameriera della principessa di Castelbianco, per la principessa medesima, per l'attrice suicida.

Nella settimana seguente, spossati, si amarono e concepirono mia madre.

Francesco decise subito che un marchese non poteva vivere in quella stanzaccia, ricordò a Francesca che una principessa, per definizione, non lavora, e comprò alla principessa madre un tailleur nero e un cappellino di seta verde bottiglia. Affittò una villa a quattro piani, ingaggiò tre bambinaie per le tre bambine, un autista per portare a passeggio la principessa madre, un cuoco francese e una cameriera personale per Francesca incinta.

Anna e Maria divennero subito viziate e dispotiche come due vere principesse. Anna era ormai la preferita del padre e passava le sue giornate a tormentare la sua bambinaia con trucchi e cattiverie.

Maria digiunava per diventare più magra e bella della sorella eletta; imparò in quegli anni a essere più agguerrita di Anna, a proteggerla dall'amore precario di Francesco. Il padre l'aveva preferita a lei ma l'avrebbe lasciata, come era successo a Lisa.

Di notte, mentre in camera sua Lisa studiava fino a che gli occhi non le diventavano due frittelle cotte male, le gemelle si alzavano e giocavano a scopa davanti alla finestra chiusa sulla città illuminata.

"Papà ha detto che mi porterà al circolo domani, ma non ci andrò senza di te," le diceva Anna perché l'amava e non voleva che soffrisse per quella preferenza.

"Non porterà né me né te," rispondeva Maria, sorvolando sulla bontà della sorella, sul capriccio del padre che le metteva l'una contro l'altra. "Lo vedi com'è nervoso, torna sempre più tardi e cambia il fiore sulla giacca anche quattro volte al giorno. Comunque ricordati che io ho gli occhi più belli, più grandi, più blu dei tuoi, lo dice anche Lisa."

La notte in cui Francesca entrò nel salone scuro e le vide giocare a scopa come due angeli di pietra ai due lati della finestra, con la passione omicida che conosceva bene, capì che bisognava decidersi a lasciare quella città maledetta una volta per tutte. Le sue figlie coltivavano nel loro cuore l'odio, il risentimento, l'orgoglio ferito, come era accaduto un tempo a lei e alla sorella. Forse era tutto perduto, non c'era più modo di dimenticare e i suoi discendenti, almeno per altre dieci generazioni, avrebbero sofferto della stessa malattia, ma bisognava tentare lo stesso.

Preparò tre ruoti di pasta al forno, due di sartù di riso, cento pizzette fritte, tre polli con olive e capperi, otto polpettoni, sei con l'uovo intero e due senza, tre spigole appena pescate, duecento frittelle con la crema e sei babà.

Spese per quella cena tutti i denari che Francesco le aveva affidato. Pagò la servitù. Riempì la casa di fiori, invitò la sorella, il cognato, i loro figli, i suoceri della sorella, la signora Licia e suo marito. Non disse nulla a Francesco.

Fu la prima delle infinite feste di famiglia. Si andò avanti fino all'alba giocando alla roulette, mangiando e litigando sui punti, bevendo caffè e fumando per tenersi svegli.

L'unica che non partecipò fu Lisa. La madre l'aveva costretta a scendere in salotto con gli altri.

Mangiò un'oliva, non fece neanche una puntatina alla roulette giusto per far passare il tempo. Aspettava il ritorno del padre, la litigata con la madre, l'abbandono, la miseria di nuovo. In collegio si sarebbe tolta la vita. Voleva studiare tanto da ammazzarsi, diventare qualcuno, e abbandonarli lei.

Francesco si tolse la sciarpa di seta nell'ingresso della casa alle cinque e mezzo del mattino. Si erano appena sopite le discussioni furibonde su un pieno e cavalli. Entrò nel salone bianco di fumo, cimitero di bicchieri, piatti e posacenere. Francesca gli andò incontro con un sorriso da pazza, l'aria disfatta.

"Francesco, ti ho conservato un pezzo di babà, meglio che ti siedi e lo mangi, devo darti una notizia."

Francesco restò in piedi. Quella donna era la sua rovina. Stava per partorire di nuovo. Doveva lasciarla.

"Me ne vado via da Napoli con i tuoi figli e mia madre. Non potrai fare niente per trattenermi."

"Dove vuoi andare, Francesca?"

La prese tra le braccia e la baciò davanti a tutti, senza darle il tempo di rispondere che qualsiasi paese andava bene, purché se ne andassero da quella città senza più ricordi.

Lisa scoppiò a ridere.

"Finale otto e dieci," disse sedendosi davanti alla roulette. "Avanti, puntate."

Il padre e la madre sarebbero rimasti insieme. Non l'avrebbero messa un'altra volta in quel collegio a ingoiare lacrime e odio. Era felice. Giocarono per tre giorni e tre notti consecutivi. Nessuno voleva prendere l'iniziativa di smettere. Nessuno voleva decidere del loro futuro. Mangiarono babà fino a non poterne più e bevvero caffè fino ad avere gli occhi fuori dalle orbite come cani randagi.

Di nuovo il gioco favorì apparentemente i progetti di Francesca anche se li complicò in futuro in modo inestricabile.

Il quarto giorno squillò il telefono nell'appartamento di Licia. Era il capoufficio di Francesco che lo licenziava in tronco dopo tre giorni di assenza ingiustificata.

Stremato, Francesco convocò una ditta di traslochi. Francesca cercò in ogni modo di dissuaderlo: mobili non ne avevano e la conversa non gli avrebbe permesso di portare via neanche uno spillo dal suo palazzo. O con me o pezzente.

Una settimana dopo partirono per Milano. Era la città più lontana, più diversa, forse più ostile. E lì Francesco aveva scritto a un conoscente, un direttore di banca, un napoletano.

Il camion arrivò alle nove in punto e caricò l'enciclopedia, due letti, un tavolo, qualche lume, un sacco di provviste e l'intera famiglia. Francesco decise che era tanto di risparmiato, dato che ormai il trasloco era stato fissato.

Attraversarono la città con gli occhi fissi alle fessure del camion. Vedevano senza essere visti.

Alla principessa madre, stesa su uno dei due letti, con accanto il bastone del principe, pareva di tanto in tanto di sentire l'odore del mare, di riconoscere lo sferragliare di un tram in una strada conosciuta, forse la salita del palazzo abbandonato molti anni prima.

Lisa, Anna e Maria distinguevano frammenti di bancarelle, di negozi, di statue, di passanti fermi a chiacchierare.

Lisa vide passare la facciata della sua scuola. Maria un cono gelato gocciolante in mano a una bambina dai capelli rossi. Anna si addormentò senza accorgersene abbracciata al padre.

Francesco malediva il giorno in cui era nato, il giorno in cui aveva cominciato ad amare Francesca e, ancora prima, quando andava a trovare con la madre le sorelle converse; quando era bambino e si svegliava all'una e andava a letto all'alba prendendo a calci la signorina francese; quando era entrato quattordicenne per la prima volta al circolo accompagnato dal padre, e lui gli aveva comprato un fiore bianco da mettere all'occhiello; quando si era innamorato per la prima volta di una donna magra.

Non c'era un solo lembo di terra in tutto il pianeta in cui lo avessero educato a vivere, oltreché in quella città che stava abbandonando in un camion per traslochi.

Francesca era felice: tutto quello che Napoli le aveva dato era racchiuso nel camion. Avrebbe preferito partorire mia madre lì e tutti i suoi figli futuri. Da lì Francesco non poteva fuggire, non poteva lasciarla.

In realtà lo recuperò in extremis, mentre era in conversazione galante con una giovane cameriera della pensione in cui si erano fermati a dormire. Ma lo perse la notte stessa per un periodo tanto lungo che le sembrò di averlo perduto per sempre.

Erano a letto svegli, tutti insieme, in una sola camera

della pensione, la più grande, dove erano accatastati vecchi letti e brandine. Di meglio a poco prezzo non avevano trovato.

L'autista del camion dormiva, dopo aver ben mangiato, in una singola con il bagno in stanza.

Tacevano soli nel buio.

La solitudine sarebbe stata bandita per generazioni, come il sonno prima dell'alba, la tranquillità noiosa di un amore ricambiato, una tavola con poco da mangiare, una casa senza figli, una vita senza il gioco delle carte.

Solo mia madre taceva felice nel ventre di Francesca.

Anna e Maria mormoravano tra loro impaurite da tanto silenzio.

"Una partitina a scopa, prima di dormire, si poteva fare però. Lisa, Lisa, solo una partitina..."

La principessa madre si rizzò a sedere nel letto.

"Le bambine hanno ragione, Francesca, una partitina a carte, prima di dormire, poverine, neanche una partitina."

"Dormi, nonna," le soffiò Lisa, "che domani partiamo all'alba e lì dove andiamo ci si sveglia alle sette tutte le mattine e si gioca a tombola fino a mezzanotte solo a Natale."

La principessa madre si lasciò cadere sul materasso. Forse bisognava morire in quel momento o tornare indietro, a Napoli, con un mezzo di fortuna, suonare di nuovo senza vergogna alla porta del tipografo.

Francesca e Francesco tacevano rigidi nel letto. A Francesca sembrava di leggere sul muro la scritta luminosa dei pensieri di lui.

"Ho una donna gelosa accanto con l'orgoglio ferito per sempre, che mi tormenterà fino a farmi morire e mi amerà solo da morto, quando si farà il vestito nuovo per sposarmi al mio funerale. Devo andarmene. Tornare a Napoli. Non devo toccarla, non devo più desiderarla."

Francesca leggeva quei pensieri e non poteva lasciarlo andare.

Non l'amava – questo lo avrebbe capito molti anni dopo, in vecchiaia, seduta sulla sedia bianca di vimini, al mare, nel giardino profumato della figlia – , ma già sapeva che se solo Francesco l'avesse accudita come un marito fedele, invece di voler sempre fuggire da lei come in quel momento, lei avrebbe smesso istantaneamente di aspettarlo.

Sarebbe stata libera di preparare babà per Lisa, per Anna e Maria, per la figlia non ancora nata.

Libera di sedersi, la sera, nel giardino profumato di una casa non sua in una città straniera, con l'enciclopedia aperta alla parola amore.

Libera di dimenticare l'avo con i baffi ricurvi, lo zio Ferdinando, la loro disgrazia di nobili senza un quattrino, l'orgoglio ferito, la morte del padre nella ditta di pelati, quel maledetto guerriero crociato che aveva pensato bene, prima del Mille, di nobilitarli portando via le armi al nemico turco vinto in battaglia.

Libera di dimenticare la città che non riusciva a liberarsi del suo passato, come accadeva ora a lei.

Giocarono fino all'alba con quei pensieri nella mente. Un gioco cattivo, astuto, vendicativo. Avevano dimenticato la parentela, l'assenza di quattrini per saldare i debiti di gioco, la città da raggiungere l'indomani. Davanti agli occhi c'era solo la carta scartata dal nemico seduto accanto.

All'alba caddero uno dopo l'altro sui materassi, dopo avere combattuto il sonno tutta la notte.

Francesco ricordò poi per molto tempo il viso di Francesca vicino a quelli di Anna e Maria. La principessa madre stesa sul materasso senza lenzuola con il bastone del marito accanto, e Lisa. Lisa che l'avrebbe amato tutta la vita malgrado i suoi abbandoni. Vedeva i loro visi con le palpebre finalmente chiuse, come fossero morti in attesa della sepoltura.

Fumava in silenzio nello scompartimento del treno che lo riportava a Napoli. Fuggito come un ladro da tutti loro, di nuovo. Fumò ininterrottamente per tutto il viaggio, fino a che non si accorse dello sguardo di una passeggera seduta in uno scompartimento accanto al suo. Era vestita di nero, il viso truccato d'attrice, gran seno e spalle larghe. Appena sepolto il marito, tornava a Roma a cantare *La Vedova Allegra*. Francesco le raccontò tutto. Lei tacque per il momento di sé, del marito, della figlia di pochi anni lasciata per il canto a una famiglia di contadini in una campagna del nord.

Fu l'unica rivale che Francesca incontrò, l'unica che lo tenne accanto a sé per quasi tre anni.

7.

– Milano è una città così provinciale, così chiusa in confronto a Napoli. E poi i milanesi si alzano presto ma si svegliano tardi.

Mia madre ordina i formaggi con la stessa sicurezza con cui ha liquidato in due parole Milano e tutto il nord d'Italia.

– Napoli era una grandissima città quando Milano era una contrada di un regno straniero.

– Bisogna vedere cosa è adesso, mamma, cosa era già quando l'avete lasciata.

– Meravigliosa. Oggi un po' meno. Ma cosa credi, che sia colpa dei napoletani? Napoli e tutto il sud è stato distrutto, annientato dallo Stato italiano. Volevano la pelle dei napoletani e l'hanno avuta. E poi, se ti senti una del nord, come tuo padre, è meglio che non parliamo.

– Ma dài, mamma. Era giusto fare quello che ha fatto nonna? Amare tutta la vita un uomo come Francesco, fare con lui sei figli. Per che cosa? L'amore dei figli? Una passione di tutta la vita? Cosa?

Mia madre si ferma sul marciapiede, lo sguardo acuto e pensoso.

– Non si riesce a giudicare il passato. Lo si può solo ereditare senza saperlo. Come una casa piena di ricordi di qualcun

altro. Ci sono giorni in cui non so più di chi siano i miei ricordi. Un album di vecchie fotografie senza nomi e date. Un'altra donna, forse una mia antenata, deve avere vissuto la mia stessa vita. Io non ci sono dentro che a metà.

Ma è stato solo un pensiero ramingo. La realtà preme e il passato, inavvertitamente, si materializza all'improvviso nell'ansia di fare la spesa per la sera, per la festa di famiglia. Fingo di non ricordarmi di chi sia il compleanno da festeggiare. E lei mi rimprovera dicendo che non ho neanche chiamato per fare gli auguri.

– Verranno anche i De Maria e Sandro porterà la chitarra. Farà piacere a tua zia qualche canzone napoletana. Andiamo a comprare i dolci.

A Milano iniziò l'epoca dei rimpianti, della volontà anacronistica di stare sempre "tutti insieme", dell'idealizzazione ostinata della città contro i tanti che la denigravano, delle canzoni napoletane, delle lacrime di Francesca. Si sentirono esuli in patria fin dalla prima sera, sbarcati davanti alla casa che Francesco aveva trovato con l'aiuto del conoscente.

Una casa del centro, con una stanza per ciascuno, una grande cucina, una salone doppio, una sala da pranzo. Su ogni tavolo, su ogni comò, Francesco aveva scritto al conoscente, ci doveva essere un mazzo di rose rosse col gambo lungo; il marmo dei pavimenti tirato a cera, lenzuola di lino in ogni letto. Avrebbe pagato ogni cosa al suo arrivo.

Quella notte, tra le lenzuola di lino, la principessa madre sognò il palazzo che porta il loro nome. Era vuoto, senza mobili, come il giorno in cui l'avevano lasciato.

Furono svegliati alle dieci dal padrone di casa accompagnato dal conoscente. Francesca era stata sveglia tutta la notte a cucire una camicetta di seta bianca da indossare sotto il tailleur grigio con la gonna lunga a campana che le nascondeva bene la gravidanza.

Allo squillo del campanello sistemò i petali della rosa di stoffa sulla camicetta, mise il rossetto e si trovò bella. Le bambine erano già pronte per andare alla scuola privata.

"La migliore di Milano," aveva scritto Francesco al conoscente, "le mie figlie sono abituate così."

Aprì la porta con le bambine per mano, l'unico cappotto grigio perla infilato sull'unico tailleur.

L'ingegner Luigi Faenza, sposato alla signora Lidia, proprietaria di molti immobili nel centro di Milano, non ricordò poi altro romanzo nella sua vita. Iniziò quel giorno, sul pianerottolo della casa affittata ai "napoletani", come diceva con disprezzo sua moglie.

Francesca vide quel piccolo uomo, fermo sulla soglia, un mazzo di fiori in mano – come se non ce ne fossero già troppi in quella casa – e pensò che era l'uomo nato per la donna che non sarebbe mai riuscita a essere.

Passarono insieme tre anni, passeggiarono nelle strade ignote della città del nord, bevvero infiniti aperitivi nei bar, andarono al cinema, a teatro, ai concerti, a ballare, parlarono dell'amore unico e assoluto di Francesca per Francesco, della signora Lidia che era una moglie perfetta, conosciuta da sempre, sposata per un affettuoso interesse. Fecero l'amore una sola volta prima di lasciarsi per sempre. Fu il primo uomo a tenere mia madre in braccio. Francesca decise di chiamarla Luisa, equivalente femminile di Luigi.

La loro storia d'amore non era scritta nel passato. Nulla li costringeva insieme, nessuna debolezza, né orgoglio ferito, né figli, né paese, né paura. Fu una storia d'amore impossibile.

Luigi trovò lavoro a mia nonna in una sartoria di abiti da sposa, le pagava ogni mese l'affitto della sua casa senza dire nulla alla moglie.

Lisa, Anna e Maria e mia madre passarono tre anni di vita come delle normali bambine milanesi.

Fu l'inizio dell'alternarsi indiavolato di anni grassi e magri nella vita della famiglia.

La principessa madre adorava l'ingegner Faenza; Luigi si faceva raccontare di Napoli, del palazzo che porta il loro nome, del principe. Si preparava per quelle conversazioni consultando volumi su Napoli, non voleva sembrare troppo provinciale.

La principessa taceva delle perdite al gioco, del palazzo svuotato dai creditori. Per la prima e unica volta nella sua vita, davanti a quell'uomo gentile che l'ascoltava divertito, si vergognò di non aver mai imparato a cucinare.

La sera, Luigi andava a prendere Francesca dopo il lavoro e l'accompagnava a casa. Qualche volta restava a cena e giocava a scopa con le bambine e con la principessa madre. Mischiava il mazzo facendo cadere le carte sul tavolo e perdeva tutti i soldi che aveva nel portafoglio. Ridevano di lui. Anche Lisa, ma non come ne ridevano le sue sorelle, sua madre, sua nonna.

Odiava Milano, quella casa, l'ingegner Faenza e scriveva lunghe lettere a Napoli, alla zia e al tipografo. Scriveva a Maria, pensando al padre. Erano indirizzate a Francesco quelle lettere, anche se di nuovo non sapeva dove fosse fuggito né con chi. Forse con una cantante d'opera incontrata per caso nel vagone di un treno lanciato nella notte. Forse era ritornato dalla conversa grassa che mangiava stesa come un'etrusca, circondata dai figli legittimi.

Lisa sviluppò in quegli anni la rabbia contro gli uomini che avrebbe consumato, come un veleno mortale, tutte le donne della famiglia. Studiava con odio, con risentimento. Era la prima della classe, malgrado l'insegnante fosse di Lecco, non concepisse altro mare che il lago di Como e altro romanzo che il *Fermo e Lucia*, prima versione, scritto in purissima lingua italiana, cioè milanese. Lisa sapeva a memoria la trama di tutti i trentotto capitoli del romanzo e quando le capitò di leggerlo di nuovo, trent'anni dopo, a Roma, per aiutare il secondo dei suoi otto figli nei compiti, si accorse che la storia di Renzo e Lucia somigliava alla storia dei suoi tormentati genitori. Concluse che era meglio se non si incontravano. Era bene non fidarsi mai della Provvidenza e lottare senza pace contro il proprio destino.

Lisa studiava accanto alla culla in cui dormiva tranquilla mia madre, chiamata Luisa in onore dell'ingegner Luigi. Ogni tanto alzava lo sguardo dal quaderno e fissava la bambina addormentata.

"Papà ti avrebbe chiamato Lucia e in ogni caso è certo che sei figlia sua perché hai i capelli biondi e gli occhi più azzurri dei miei."

Anna e Maria, invece, diventarono in tutto e per tutto delle bambine milanesi. Mettevano l'articolo davanti a ogni nome. Dicevano "la mamma", "la nonna", "la Lisa". Cantavano *Caro papà* nel coro della scuola e raccontavano alle amiche del loro padre principe, partito per le crociate a combattere il nemico turco.

Quella sera, erano già passati tre anni, Francesca e Luigi camminavano nelle vie del centro di Milano. Francesca mangiava due bignè alla crema, altri cinque ne aveva ordinati nella pasticceria napoletana in cui si erano fermati a bere l'aperitivo. Luigi la guardava mangiare e parlare con quell'accento diventato per lui familiare. Ora gli riusciva difficile non lasciarsi sfuggire certe espressioni napoletane quando tornava a casa dalla moglie. Quella donna e le sue quattro figlie erano diventate tutto per lui. Anche Lisa che non lo poteva vedere. Il modo in cui Francesca si vestiva, camminava, si occupava delle figlie, cucinava, gli sembrava toccato da una grazia a lui ignota. Cercava di immaginare l'uomo di cui lei era innamorata per la vita. Doveva essere molto bello o avere qualche altra qualità a lui sconosciuta. Vide la mano di Francesca, con le vene blu all'infuori, levare la polvere di zucchero dell'ultimo bignè dal cappotto grigio. Gli sembrò insopportabile accettare il loro destino.

"Francesca, sono tre anni che aspetto."

Francesca si fermò e vide l'attesa di quei tre anni negli occhi di lui; le parve che anche per lei non ci fosse più nulla da aspettare. Francesco era morto, e con lui Napoli e la loro sfortuna. Per un attimo ricordò la gioia segreta provata quando erano fuggiti dal palazzo che porta il loro nome; si era sentita come una qualsiasi donna pronta a vivere una vita qualsiasi. Così ora, e non doveva lasciarsi sfuggire quell'occasione.

Lo abbracciò in mezzo alla strada. Lo abbracciò di nuovo fuori dal ristorante napoletano dove avevano mangiato il sartù di riso. Ora lei lo avrebbe cucinato per lui. Lo abbracciò con la passione di cui era capace nel letto della suite dell'albergo in cui erano andati dopo la cena.

All'una si vestì in silenzio mentre lui dormiva. Sul comodino raccolse la rosa già appassita che lui le aveva regalato a metà cena.

Nel buio freddo delle strade deserte, pianse di rabbia. Il suo corpo l'aveva tradita. Non rispondeva ad altre carezze che a quelle di Francesco. Era perduta.

Fu il momento di consapevolezza estrema per tutta la famiglia. Nessuno dei suoi discendenti analizzò poi così freddamente la situazione. Né le sue cinque figlie, né il suo unico figlio maschio oppresso da tutte le donne della famiglia, né le sue venti nipoti con i loro mariti e figli.

Correva nella notte verso casa. Non quella dell'ingegner Faenza, non il palazzo che porta il loro nome e da cui erano stati scacciati con disonore, e neanche le case in cui avevano abitato e quelle in cui avrebbero abitato ancora, solo per qualche mese, per qualche giorno.

Francesca sapeva di correre verso una casa ancora più tetra di quella dello zio Ferdinando, la casa dei sogni infranti. E in quella casa, Francesco era l'unico uomo possibile.

La principessa madre l'aspettava sveglia, seduta all'ingresso, il bastone inseparabile appoggiato sulla gonna scura.

"C'è una donna, Margherita Nevio. Ti aspetta da questo pomeriggio. Ha notizie di Francesco. È molto bella e molto grassa."

Francesca si fermò accanto alla porta d'entrata ancora semichiusa. Il desiderio di tornare indietro da Luigi, e di infrangere con lui il suo destino le parve l'unica cosa sensata da fare.

"Grassa?"

"Sì, proprio grassa."

Francesca fece un passo avanti nell'ingresso, vinta dalla curiosità, accostò la porta dietro le sue spalle, poi la chiuse definitivamente su quei tre anni.

Margherita Nevio sedeva su un divano di fronte a Lisa che continuava a studiarla ammutolita. Era grassa e molto bella, vestita di lustrini e penne di struzzo, le labbra sottili gonfiate dal rossetto, gli occhi neri sfrontati.

Francesca le offrì un caffè con la metà di un babà farcito di rum e crema.

"Gradisce una fetta."

"Grazie, non si disturbi a tagliarlo."

Lo mangiò tutto, in pochi secondi, senza dire una parola. Quando ebbe finito, guardò Lisa, Francesca, la principessa madre con un sorriso furbo.

"È molto più buono di quanto immaginavo. Francesco non sa descrivere il cibo. Il babà si dice spugnoso, non morbido. La crema ferma e tremolante."

"Siete stati tre anni a parlare di babà?" la interruppe Francesca con violenza.

"Lei sottovaluta l'importanza del cibo come io ho sottovalutato l'amore di Francesco per lei e la sua famiglia."

Si alzò come avesse finito di raccontare, raccolse il cappello, la borsetta.

"Ora che vi ho visto, vi devo lasciare. Vado in montagna a riprendermi la mia bambina. L'ho abbandonata tre anni fa per il canto. I figli senza padre sono difficili da crescere ma ancora più difficili da abbandonare, anche per un'artista. Chissà come ritroverò la mia povera bambina, aveva solo due anni quando l'ho lasciata."

"Come si chiama?" le chiese Francesca con le lacrime agli occhi, dimenticando che Margherita Nevio era la rivale dei suoi incubi.

"Maddalena," mormorò Margherita, "il padre è un musicista maledetto come la sua arte. L'ho partorita in scena, a Palermo, durante una *Vedova* memorabile: pesavo ottanta chili e ballavo leggera come una piuma."

"La bambina mi interessa, non quanto lei fosse leggera mentre ballava," la interruppe di nuovo Francesca, togliendole il piatto del babà che Margherita ripuliva col dito mignolo.

"Nessuno ha voluto denunciarla il giorno della sua nascita perché tutti in compagnia credevano sarebbe stato anche il giorno della sua morte. Era nata piccola. Dato che tre giorni dopo era ancora viva, ci andò il tenore. Così Maddalena ha due compleanni, quello vero e quello dell'anagrafe, tre giorni dopo. Sei mesi dopo era ancora viva, striminzita come era nata, ma viva. Chissà come la ritroverò, la mia povera Maddalena."

"Lei è una donna senza cuore. Io ho quattro figlie senza padre e non ho pensato neanche un giorno di abbandonarle," concluse Francesca accompagnandola alla porta.

Margherita Nevio si fermò a metà dell'ingresso, il cappello con le piume ancora storto in testa e un solo guanto infilato.

"Lei però le ha lasciate in un collegio per figlie della colpa. La mia Maddalena almeno respira aria buona in montagna."

Ci fu un attimo di silenzio funebre, poi le due donne parvero abbracciarsi con passione come due sorelle da troppo tempo lontane. In realtà si erano avvinghiate una all'altra in una lotta furibonda. Spettinata come una pazza, Margherita si lasciò infine cadere sul divano del salotto, mentre Francesca in camera da letto piangeva sulla spalla di Lisa.

"Ha ragione Francesca. Sono una donna senza cuore. Il fatto è che amo cantare e fare dispetti più di tutto al mondo. E a mia figlia non avevo mai pensato prima che Francesco mi parlasse tanto di Francesca e delle sue figlie. Non canterò mai più, e i soldi che ho da parte li userò per crescere Maddalena."

"Ne ha tanti di soldi?" chiese la principessa madre, che era stata addetta a conservare, in un cassetto della cucina, le bollette dei fornitori non pagate da sei mesi.

"Abbastanza da non avere più bisogno di uomini. Avete qualche necessità?"

"Parecchie. Mia figlia ha lasciato stasera l'unico uomo che poteva aiutarci."

"Francesca non accetterebbe certo i miei soldi."

"Lei sa per caso giocare a poker?"

Nei racconti ai loro discendenti non si riuscì poi mai a sapere la verità.

Francesca diceva di averle tolto anche le mutande. Per pietà le aveva lasciato i soldi del biglietto del treno per andare a riprendere Maddalena.

Margherita raccontava che era stata la prima buona azione della sua vita: l'aveva fatta vincere per scontare la colpa di averle rubato Francesco.

Comunque i soldi rimasero in comune. Giocando si conobbero. Ci sarebbe stata presto la guerra, e Roma era la città più protetta per via del papa. Insieme, con le cinque figlie senza padre e un amore in comune, avrebbero aperto una pensione in via Cavour.

8.

La bambina Maddalena aveva preso tanta aria buona che a cinque anni camminava ancora a quattro zampe, non sapeva parlare e fuggiva davanti a ogni essere umano.

I montanari – brava gente del nord – l'avevano alloggiata tra le capre e nessuno le aveva rivolto la parola in quei tre anni.

Maddalena odiò per tutta la vita qualsiasi animale le capitasse di incontrare, dal gatto alla mucca; diventò la bambina, la signorina, la donna più curata, ostinata negli studi, fissata con la forma e il decoro. Convinta che l'umanità dovesse essere tenuta lontana dagli orrori della natura, non mise mai piede in campagna o in montagna.

Passò tutte le vacanze della sua vita seduta al bar dell'albergo più colorato della costiera adriatica.

I cinquanta abitanti della frazione sopra Campodolcino, vicino a Madesimo, pensarono quel giorno che le tre donne erano venute per aprire una colonia estiva femminile nel loro paese.

La principessa madre scese dalla vettura aiutata da Francesca e Margherita. Guardò il gruppo di case desolate nella nebbia e pensò che non si può mai sapere dove ti porta la vita. Una alla volta scesero le quattro bambine infreddolite, con la cartella di scuola in mano e gli occhi ancora rossi di pianto per avere lasciato la loro casa, la loro scuola e la città che era stata la loro per quei tre anni. In seguito si abituarono ai luoghi sconosciuti come profughi di una guerra eterna. Impararono a conservare solo i ricordi napoletani, i sogni di una vita mai vissuta ma di cui avevano molto sentito parlare.

Raggiunsero a piedi l'ultima casa del paese. Una sottile striscia di fumo nero saliva dal comignolo e si confondeva col cielo dello stesso colore.

All'ingresso della stalla, una bambina giocava con delle ghiande: il vestito corto bucato, i piedi scalzi, si grattava la testa.

"Maddalena..." modulò materna Margherita con la sua voce di petto.

La bambina alzò il viso sul gruppetto di donne ferme in attesa del colpo di scena.

"La Maddalena è nella stalla con le capre," rispose la bambina poco interessata.

Francesca, Lisa, Anna e Maria cercarono la Maddalena nell'oscurità della stalla. Anna e Maria scivolavano sulle palline di escrementi, scansavano le pecore impazzite di paura.

"Pss... Maddalenina, vieni, siamo venute a prenderti, non avere paura," sussurrava Lisa intravedendo il lembo del vestitino dietro una carriola.

La bambina belò terrorizzata, scappando a quattro zampe sulle gambe fragili e storte da capretta. Dalla casa venivano le urla di Margherita e le bestemmie del contadino.

"Maddalena piccolina, Mimì, Mimì..." improvvisò Francesca.

"Mimì, Mimì, Mimì," si sentì all'improvviso la voce ridente della bambina.

Mimì si lasciò prendere in braccio da Lisa, teneva strette le gambette al petto, il viso coperto dai capelli ricci, popolati da più di un milione di pidocchi e cimici.

Li contarono nella camera d'albergo di Bologna, dove si erano fermati a dormire sulla strada per Roma.

Margherita versò nel bagno caldo essenze di sandalo, ginepro, mughetto, mimosa, glicine; preparò un unguento per strofinare le gambe di Mimì coperte di croste. Versando nel bagno profumi costati quanto tutto il suo guardaroba, riuscì a placare i sensi di colpa.

Francesca la pettinò senza farle male: era una sua specialità. Intrecciò i capelli di Mimì, le infilò una camicia da notte delle gemelle.

L'addormentarono nel letto più morbido e più grande. Margherita cantò per lei la romanza di Mimì. Da quel giorno cantò solo per lei.

"Mi chiamano Mimì, il perché non so," canticchiava Mimì da grande al figlioletto di pochi anni. Ed effettivamente non avrebbe saputo spiegare perché quel giorno Francesca l'avesse chiamata in quel modo.

Mimì sognò quella notte di essere la principessa delle capre e di avere il pelo ricciuto candido come la neve.

La pensione di via Cavour venne descritta alle generazioni future in molti modi. Per le bambine c'erano duecento stanze e duecento bagni, ottanta corridoi incrociati, quattro cucine e una terrazza grande come il salone delle feste della Reggia di Caserta.

Per Francesca e Margherita le venti stanze con bagno erano cadenti, la cucina popolata da sorci addomesticati come gatti. Margherita impegnò tutti i suoi gioielli, i suoi vestiti da sera, sottoscrisse cambiali che la principessa madre iniziò a conservare in un cassetto della cucina appena restaurata.

A Natale del primo anno di guerra, aprirono la pensione Moderna al pubblico.

Fu un Natale memorabile: vennero da Napoli Maria col tipografo Giuseppe, i loro cinque figli, i nonni Ciccio e Angelina, la signora Licia e il marito, più tutta la compagnia d'operetta da Palermo. Le venti stanze erano occupate e in cucina si preparavano polli, capponi, lasagne, babà e insalate di rinforzo.

L'unico cliente che osò presentarsi, pronto a pagare, venne cacciato.

Quel Natale inaugurò la serie di feste natalizie per cui

tutti i membri della famiglia si sarebbero poi indebitati a turno, avrebbero sottoscritto cambiali, pur di scambiarsi regali da principi, di comprare l'albero di Natale più grande della città, di puntare alla tombola e alla roulette i risparmi dell'anno.

Mia madre Luisa giocava da sola nel corridoio davanti all'entrata a vetri della pensione. Francesca le aveva cucito un vestito rosso e fermato i capelli biondi da un lato con un nastro bianco. Giocava e aspettava l'arrivo del bambino Gesù a mezzanotte. Gliel'aveva descritto Lisa: un bambino con i capelli biondi, gli occhi azzurri, il sorriso sulle labbra malgrado il gelo e la fame.

Disgraziatamente, nella generazione successiva, sarebbero nati solo bambini con i capelli neri e gli occhi scuri. Gli occhi azzurri si sarebbero fatti rari come perle agognate.

A ogni nascita, le sorelle avrebbero scrutato gli occhi del neonato, la peluria sulla testa, ogni volta convincendosi che era biondo e aveva gli occhi azzurri. Dopo pochi mesi, gli occhi sarebbero diventati neri, i capelli castani.

"Non ha preso niente da noi, tutto dal padre," avrebbero sospirato.

Peccato non poter fare a meno di quegli uomini estranei, quasi sempre scuri di capelli e di occhi.

Mia madre vide il bambino Gesù dei suoi sogni chino accanto a lei. Aveva i baffi biondi, gli occhi blu, il sorriso beffardo.

"E tu di chi sei figlia?" le chiese.

"Sono la figlia di mio padre Francesco che è partito in guerra contro il nemico turco," ripose mia madre, come le avevano insegnato le gemelle.

Francesco la prese in braccio. L'odore del suo cappotto di cammello, un misto di tabacco e cipria, rimase impresso nei sensi di mia madre per tutta la vita.

Francesco le slacciò il fiocco, le toccò i capelli.

"Come ti hanno chiamato, figlia mia?"

"Luisa."

"Luisa? E perché?"

"Perché il signor Luigi è il mio padrino di battesimo."

Francesca non fece in tempo a infornare la lasagna; le polpette della guarnizione volarono come proiettili dalle mani di Francesco impazzito. In pochi secondi, i cavoli dell'insalata di rinforzo, le cosce dei capponi unti di olio finirono sulle pareti della cucina appena restaurata.

La compagnia d'operetta arrivata da Palermo, i parenti, gli amici uscirono correndo dalle venti stanze e dai venti bagni in tempo per veder sparire la cena di Natale che si annunciava grandiosa. Francesca e Francesco si rincorsero come furie nei corridoi della pensione. Finché Francesco fu fermato dalla figura matronale di Margherita Nevio, in abito lungo di lustrini cremisi, con la famosa spazzola d'argento in mano con cui stava pettinando la piccola Mimì.

"La pensione è al completo," disse lei irremovibile. "I figli sono al completo e così gli amici. Non ti resta che uscire da qui e dimenticare di avere avuto un giorno una famiglia illegittima che non meriti."

E per chiarire meglio il concetto appena espresso, gli lanciò, senza fallire il colpo, la spazzola d'argento in fronte.

Quando la conobbi, molti anni dopo, Margherita Nevio era diventata una bigotta assetata di Dio e di redenzione. Unica testimonianza del suo passato di donna leggera, la spazzola d'argento con inciso il segno della determinazione di quel giorno.

La determinazione di Francesca di farla finita con quella storia d'amore, seminata di figli e tradimenti, era invece svanita nel momento stesso in cui lo aveva rivisto.

Giurò, la sera di Natale, sulla tomba di suo padre il principe e fissando il volto irremovibile di Margherita, che non lo avrebbe mai più rivisto né cercato, che avrebbe nei secoli dimenticato il piacere delle sue carezze, l'ironia dei suoi occhi. Iniziò il supplizio meraviglioso della lontananza. Per generazioni in famiglia si amò la passione d'amore più lontana e inafferrabile.

Maria rimase alla pensione con il tipografo, i cinque figli e i suoceri tutto il tempo necessario per impedire a Francesca di rivederlo. Con Margherita, la signora Angelina e le due cantanti venute da Palermo organizzarono i turni di sorveglianza. Francesca non doveva essere lasciata sola un momento. Maria l'accompagnava dappertutto e sorvegliava anche Lisa che aveva promesso, in presenza di tutta la famiglia, di dimenticare il padre indegno che aveva procurato loro dolori e povertà. Maria però non le credeva, come non credeva all'aria remissiva di Francesca.

Contrastare quella passione d'amore che covava sotto la cenere divenne il piacere più sottile di tutte le donne infelici della famiglia, di Maria che sottostava di notte alla passione eterna del tipografo senza mai guardarlo, di Margherita Nevio senza più l'arte del canto, delle gemelle, di Mimì e di mia madre.

Francesco sembrava sparito di nuovo dalla faccia della terra.

Lisa si alzava ogni notte nel silenzio della pensione addormentata, vagava come una sonnambula fino al salone dove Margherita aveva fatto sistemare i due arazzi regalo di un amante francese. Sotto gli arazzi, che raccontavano la storia dell'infelice amore di Berta dai lunghi piedi, Francesca l'aspettava.

Lisa estraeva il mazzo di carte nascosto sotto la camicia da notte e giocavano fino all'alba, quasi senza parlare. Madre e figlia con la stessa passione nel cuore per un uomo che non le meritava, ma a cui non potevano fare a meno di pensare.

"Se ne è andato senza resistere, senza tentare di rivederti," mormorava Lisa aspettando lo scarto di Francesca.

"Non mancarmi di rispetto, Lisa. L'unica cosa certa è che tu sei figlia dell'amore."

Lisa malediva in cuor suo quell'amore che l'aveva fatta nascere, ma ormai viveva per assistere a una nuova puntata.

Soldati, stranieri, fuggiaschi, morti di fame popolavano ora la pensione senza pagare, anche loro, come gli amici di Margherita Nevio. In cucina si preparavano ormai solo polenta, sformato di patate, qualche polletto la domenica. Il famoso cassetto non bastava a contenere le cambiali che la principessa madre custodiva come fossero una collezione di fotografie di famiglia.

Si giocava dalla mattina alla sera scambiandosi, per saldare i conti di gioco, bigliettini con su scritte cifre iperboliche, nomi di terre in Sicilia, di castelli in Francia e Germania che nessuno aveva mai posseduto. Comunque ormai erano cumuli di rovine.

Maria era rimasta nella pensione con i cinque figli, con il pretesto della guerra e della difficoltà di raggiungere Napoli. Così il tipografo era ripartito solo, piangendo, baciandole le mani e i piedi, supplicandola di seguirlo, perché senza di lei e senza i figli sarebbe morto. Maria lo lasciò andare senza una lacrima, raccomandandogli di non morire in guerra e di passare a riprenderla di ritorno dal fronte.

Ferdinando, Ciccio, Angelina, Francesca e Ciccio secondo – i loro cinque figli – salutarono in coro il padre sulla porta della pensione e scapparono via felici a giocare con i cugini.

Nessun cliente ricordò mai negli anni di aver dovuto pagare un conto alla pensione Moderna. Questa è la cosa di cui andava più fiera Margherita Nevio quando la incontrai ed era già diventata una bigotta assetata di preghiere.

"Abbiamo dato da mangiare a mezza Roma, questa è stata la nostra guerra."

Nessuno osava chiedere da dove arrivasse il camion di farina e di patate che si fermava ogni giovedì mattina davanti all'entrata di via dei Serpenti.

Poi, a poco a poco, gli ospiti seppero della storia di Francesca, delle sue figlie senza padre. Ognuno aveva un amore lontano. "Aspettare Francesco" divenne per tutti aspettare la fine della guerra, il cibo, il corpo di una donna o di un uomo nel letto in una casa riscaldata.

Le donne dicevano "aspetto Francesco" quando erano in attesa delle mestruazioni, se erano nervose o malinconiche.

Mimì, mia madre, le gemelle e i cinque figli di Maria dicevano "aspettiamo Francesco" ai loro compagni di gioco di via dei Serpenti, quando non avevano voglia di giocare senza una ragione precisa e si sentivano tristi.

L'amore assoluto di Mimì per Ferdinando nacque in quegli anni. Tutto cominciò per una frase in comune che Margherita e Maria ripetevano identica ai loro due figli.

"Tuo padre era un vero signore."

Mimì e Ferdinando capirono solo molti anni dopo, il giorno prima delle loro nozze, che in quel caso e forse non solo in quello, "signore" voleva dire mascalzone. In quegli anni il loro amore di bambini si alimentò invece di quella frase. La trascrivevano ornata di fiori e spade sui loro disegni, diari, sponde del letto.

Mimì la disse sussurrando una volta a Ferdinando in gran segreto e lui, sentendosi scoperto, la baciò sulla guancia destra arrossendo.

Mimì a sei anni era già la ragazzina formale e bene educata che sarebbe poi stata per tutta la vita. Davanti a lei non si poteva parlare né di bestie, né di campagne, e tantomeno di pecorelle o caprette. Una volta, a Natale, gettò nell'immondizia le due pecorelle del presepio e, il giorno dopo, anche il bue e l'asinello. Ai rimproveri di Margherita, rispose con una frase enigmatica che solo Ferdinando capì:

"Gli uomini puzzano più delle bestie".

E strofinò il bambino Gesù con un unguento profumatissimo, prima di rimetterlo nella sua culletta che aveva ricoperto di morbida ovatta. Tutto succede sempre a Natale. Il ragazzino Ferdinando la consolò delle sgridate nel salone buio dove erano andati a rifugiarsi, sotto gli arazzi di Margherita, e le promise di sposarla. Per solidarietà decise di eliminare dal presepe anche Giuseppe, perché, le disse, Gesù bambino non poteva avere per padre un falegname o un tipografo ma un vero signore come il loro.

Per anni, alla pensione Moderna, nella grotta del presepe non vi furono che una madre e un figlio adorati dai pastori e dai re magi. E i bambini crebbero con l'idea certa che i padri sono veri signori lontani e inutili.

Lisa e Francesca smisero di aspettare Francesco un anno prima della fine della guerra.

Francesca aveva portato con sé Lisa a lavorare nella sartoria sacra dietro il Pantheon, l'unica sartoria utile a qualcosa anche in guerra. Con il filo d'oro, Lisa ripassava l'ostia che la madre imbastiva sui paramenti di damasco. Tutto brillava d'oro, di rosso, di bianco, nella sartoria. Lisa aveva quindici anni e una fantasia malata. Era alta e magra come l'aveva voluta Francesco, con gli stessi occhi ironici, lo stesso furore estetico della madre. Aveva studiato tanto da essere avanti di due anni rispetto ai suoi coetanei e Francesca aveva deciso di tenerla con sé, di ritirarla dalla scuola e di farle dare gli esami da privatista. Vedeva negli occhi di Lisa la sua attesa spasmodica, la sua stessa passione d'amore insana.

Le ostie, i calici, le lacrime di sangue di Gesù erano sempre più riccamente ricamate, a mano a mano che la guerra scuciva ogni altro ornamento.

Lavoravano fino a tardi sotto lo sguardo del proprietario, l'avvocato Cenci e di sua moglie, la signora Fiorenza, una donna sciupata dal fumo e dal chiuso; dalle corna del marito, diceva Lisa. La signora Fiorenza stringeva sempre tra i denti gialli un bocchino col mozzicone di sigaretta e annotava su un quaderno le misure e gli appuntamenti, soffiando via il fumo dal naso. L'avvocato Cenci era napoletano per parte di madre, elegante, sorridente, affabile con le due lavoranti, madre e figlia, di cui apprezzava l'origine nobile e la bellezza simile. Si attardava la sera per guardarle lavorare. E Lisa pensava che prima o poi si sarebbe data per niente a un uomo come lui, dal momento che non poteva sposare un marchese come suo padre.

Le mani di Lisa ripassavano col filo d'oro sulla linea dell'imbastitura di Francesca. Un destino si sovrapponeva pericolosamente all'altro. Francesca avrebbe voluto rivelare a Lisa la sua vera identità di zitella incallita, di missionaria d'Africa, di poetessa solitaria in giro per gli alberghi di tutto il mondo a scrivere versi. Sfogliava febbrilmente l'enciclopedia cercando una parola per quel sentimento di ribellione che aveva nel cuore.

Quando vide Lisa, una sera, in ginocchio davanti al viso implorante dell'avvocato Cenci, intenta a cucire un bottone della sua giacca, capì che bisognava fuggire di nuovo dalla maledizione che le perseguitava.

Molti anni dopo, quando Lisa le chiese il perché di quel viaggio precipitoso verso Napoli, in piena guerra, le rispose semplicemente che era andata con lei a cercare Francesco. Ma allora nascose a se stessa la verità.

Affidò le gemelle e mia madre a sua sorella e a Margherita Nevio, e s'imbarcò per Napoli su una nave carretta perché i treni civili non partivano più da mesi.

La nave trasportava banane comprate chissà dove. Lisa e Francesca dormirono nella cuccetta accanto alla stiva insieme a una signora senza bagagli, vestita da sera, con un ventaglio rosso in mano, il programma del teatro nella borsetta di velluto, un occhio nero che tentava di nascondere con il ventaglio. L'odore delle banane marce saliva dalla stiva mischiato a quello del profumo dolciastro della donna.

Si chiamava Vera. Molti anni dopo, quando Vera era diventata per tutte le donne della famiglia zia Vera, Francesca si rimproverò di averle chiesto in quel viaggio qualcosa di sé, iniziando un'amicizia che sarebbe durata tutta la vita.

Zia Vera, zia Margherita, zia Licia e altre cinquanta zie di sventura, donne sole, senza marito e con figli lontani, attirate da Francesca e dalla sua storia.

Vera aveva avuto un marito morto in guerra e un amante che le aveva procurato l'occhio nero. Piangere e parlare di uomini erano la sua vita. La facilità al pianto le aveva donato successi e abbandoni. Gli uomini sentivano un immediato bisogno di proteggere e amare quella donna piccola di statura, con il viso affilato e gli occhi neri sempre umidi. Dopo qualche mese sentivano il bisogno impellente di lasciarla, non sopportavano le lacrime grosse come fagioli che le rigavano perennemente il volto; il trucco sfatto, le borse sotto gli occhi che parevano contenere una riserva di lacrime inestinguibile. La principessa madre liquidò Vera con una battuta:

"Una iettatrice".

Francesca la adottò quella notte e si giustificò negli anni dicendo che Vera era la più grande giocatrice di poker mai conosciuta. In realtà confessò a mia madre, molti anni dopo, che incontrare quella donna in lacrime, nel viaggio alla ricerca di Francesco, le aveva dato il piacere espresso alla perfezione dal proverbio: "Mal comune mezzo gaudio".

La partita a poker di quella notte fu memorabile, le aiutò a sopravvivere nei mesi di guerra a Napoli, a ritrovare inaspettatamente Francesco.

Alla parola poker, Vera asciugò le lacrime e andò a cercare il quarto. Tornò nella cuccetta accompagnata dal capitano in seconda, un bell'uomo bruno, con i baffetti e le labbra sensuali serrate intorno a un sigaro spento.

"Un vero attore americano," sussurrò Vera a Francesca preparandosi alla sfida.

Vera bluffò e pianse per tutta la partita. Li fece impazzire tutti e tre con punti che non si erano mai visti a un tavolo da gioco di gente perbene. Francesca mischiava il mazzo rabbiosamente, vedeva ogni punto di Vera, sicura che prima o poi la fortuna doveva abbandonarla. All'alba, il capitano spense nel portacenere il sigaro mai acceso, fissò Vera con l'occhio disfatto dal sonno e dal cognac che sorseggiava da una borraccia militare.

"Signora, lei ha fatto un patto col diavolo. Devo lasciare il tavolo senza poter pagare."

Vera lo fissò seria con gli occhi asciutti.

"Signor capitano, non credo le sarà possibile. I debiti di gioco si pagano sempre, anche in guerra."

"Se vuole seguirmi, signora, le darò qualsiasi oggetto lei vorrà."

Vera si alzò.

"Non mi accontenterò di poco, signor capitano."

Uscirono lasciando la porta aperta. Lisa e Francesca li udirono entrare nella cuccetta accanto che aveva pareti sottili come cartone. In quelle due ore prima dell'alba, Lisa imparò tutto ciò che del sesso si doveva sapere e molto di più.

Francesca si chiese se fosse stato un bene fuggire dall'avvocato Cenci.

Molti anni dopo mi confessò la ragione per cui scelse Vera come amica inseparabile: l'aveva illuminata in quelle due ore su quanto può pretendere una donna da un uomo con un debito da pagare.

Vera fece vibrare il capitano come una corda di violino. Giocò con il corpo dell'attore americano come con le carte, fingendo di essere soddisfatta e supplicandolo un attimo dopo di soddisfare ancora il suo credito d'amore.

All'arrivo, mentre la nave si avvicinava al porto offuscato dalla nebbia e dai fuochi degli accampamenti dei senzatetto, Francesca e Lisa dovettero staccarla dall'abbraccio mortale del capitano, che si era infine addormentato durante l'ultimo amplesso. La vestirono perché non aveva la forza di sollevare neanche il suo ventaglio e la fecero sbarcare tenendola a braccetto come una morta ricomposta prima della sepoltura.

Napoli era un'orgia di fuoco. Si era perduto con la guerra il senso della vita di ogni giorno e nessuno ancora sapeva che la città non lo avrebbe mai più recuperato.

Sbarcando, Francesca si rese conto che l'emergenza da pazzi della sua vita era il calco della pazzia collettiva della sua città. Aveva vissuto a Milano, a Roma, e per la prima volta vide Napoli. La osservò dai finestrini del camion che le portava verso la casa del tipografo, con la testa di Vera addormentata sulla sua spalla. La città si era data alla guerra come a un nemico desiderato. Il fuoco, le bombe, la disperazione di ogni mattina erano meglio della malattia senile in cui la città languiva da tempo immemorabile. Napoli doveva dimostrare il suo eroismo ogni giorno, in ogni vicolo, in ogni casa, in ogni palazzo, altrimenti era perduta. Doveva bandire la tranquillità come la morte. La stessa cosa accaduta a lei quel giorno in cui ragazza era tornata dal teatro con la sorella e aveva scoperto di non possedere più nulla.

Lisa arrivò alla stessa conclusione della madre solo trent'anni dopo, quando portò per la prima volta a Napoli la sua seconda figlia Francesca. Ma quella volta non vide niente. Sentiva il fiato puzzolente di cognac di Vera che russava sulla spalla della madre. Frugava con gli occhi la strada alla ricerca di Francesco. L'avrebbe notato subito perché signori con fiori bianchi appuntati sulla giacca non se ne vedevano. In realtà Francesco passò loro accanto alla guida di un finto camion militare. Ricostruirono poi, molti anni dopo, il percorso e l'ora: non potevano che essersi incrociati senza vedersi.

La casa del tipografo era ancora in piedi. Francesca abbracciò con un impeto di cui non si riteneva capace la suocera di sua sorella che non aveva mai potuto sopportare. La signora Angelina, con il vestito scuro, i capelli d'argento legati nell'incavo del collo e le mani sanguinolente per il pollo scannato un minuto prima, le parve d'un tratto il vero scopo del loro viaggio insensato.

Pollo con le olive e i capperi, puré di patate, insalata di cavoli e pastiera. Vera mangiò più di tutti gli altri messi insieme. Rise e pianse raccontando la sua vita di donna sola e infelice. Fece innamorare di sé il povero tipografo padre, il signor Ciccio, che mai aveva mancato di rispetto alla moglie. Per la signora Angelina fu un pranzo da incubo. Raccontò del figlio in guerra che scriveva lettere di dolore e nostalgia appassionata della moglie e dei figli. Raccontò di Napoli, della tipografia in cui si stampavano ormai solo proclami tedeschi. Tacque per il resto del tempo, osservando gli occhi lucidi d'amore del suo Ciccio posati sul piccolo viso pallido di Vera.

Alla fine del pranzo, le tre donne si ritrovarono per strada. La signora Angelina aveva loro sbattuto la porta in faccia su una frase urlata senza tanti pudori. Le tre donne ne risero ancora per due giorni e due notti nella stanza della famosa pensione Marechiaro.

"Principesse o non principesse le corna sono corna."

Alla pensione Marechiaro – dopo aver passato una settimana a raccontarsi la storia dell'incontro tra Maria e il tipografo, la storia del piccolo giallo del loro nome risolto dal tipografo per amore, la storia di Vera e dei suoi infiniti amanti che la lasciavano perché piangeva troppo, e dopo aver giocato a poker fino a non poterne più con tutti i quarti e i quinti di passaggio che Vera era capace di raccattare – si chiesero che cosa ci facessero in quel posto, in piena guerra, con le figlie lontane e Francesco sparito per sempre. Ma era troppo tardi. L'Italia era divisa in due e le figlie ormai irraggiungibili.

L'incontro tra Francesco e Francesca, nella città appena liberata, avvenne non a caso per via di un tavolo di poker.

Vera si vestiva con cura ogni sera. Francesca le cuciva vestiti inauditi per quell'epoca di stenti. Uomini diversi la passavano a prendere. Vera giurò in seguito a mia nonna, e a ogni donna della famiglia che glielo chiese, di non avere mai infranto in quei giorni le leggi del pudore, e di essersi guadagnata da vivere con l'unico mestiere che era in grado di svolgere meglio di qualsiasi uomo: il gioco delle carte.

Il circolo Italia era invaso dallo stato maggiore americano e dai nobili della città. Rispuntavano ogni giorno fuori dalle catacombe dei palazzi umidi in cui si erano nascosti. Vera non ebbe un solo dubbio che l'uomo più affascinante del circolo fosse il marchese di Francesca. Si faceva chiamare Aldo, vestito di una finta divisa militare, i capelli tinti di scuro, giocava con l'orgoglio del vincitore. Raccontava con fierezza della clandestinità, dei camion di munizioni guidati come un pazzo nella città occupata, delle fumate nei turni di guardia, delle sparatorie fulminee in cui accadeva di essere uccisi prima di accorgersene. Vera riuscì a giocarci insieme dopo giorni di inutili strategie. Aldo sembrava completamente insensibile al fascino femminile, tanto che, più di una volta, Vera dubitò della sua intuizione. Arrivava sempre intorno alla mezzanotte, accompagnato da un militare inglese a cui sembrava avere rubato la divisa. Fumavano un po', chiacchierando, e solo verso le due Aldo entrava in un tavolo dove serviva un quinto. Puntava con parsimonia e non perdeva mai. Lasciava il circolo all'alba intascando la vincita. Vera lo vedeva allontanarsi a piedi nella luce bianca. Una sera, sfinita dall'attesa, lo abbordò. Si era fatta cucire da Francesca un vestito di velluto nero, chiuso fino al collo da piccoli bottoni di madreperla. Sulla strada verso il circolo, il suo accompagnatore di turno le aveva offerto un fiore bianco che aveva infilato nella terza asola. Le parve un segno del destino.

"Lei non ama giocare con le donne perché non crede alla loro bravura?" gli domandò con la voce fragile che era la sua specialità, e riservandosi di piangere subito se ce ne fosse stato bisogno.

Con l'ironia degli occhi che gli anni di guerra non avevano potuto cancellare, lui guardò in silenzio il fiore bianco.

"Signora, ho giurato a me stesso di essere fedele a una donna con un fiore bianco simile al suo. Non posso rifiutarle una partita, ma non posso prometterle nient'altro."

Giocarono uno di fronte all'altra come il destino aveva voluto. Vera provò a vincerlo in ogni modo, a carpirne i segreti e le menzogne, ma riusciva solo a perdersi nei suoi occhi celesti e lontani come la storia d'amore a cui aveva alluso.

Negli anni mia madre si convinse che zia Vera fosse stata l'unica ad aver amato Francesco per quello che era.

– Erano simili, fragili e mascalzoni. Solo che zia Vera aveva fatto della fragilità una forza, e lui l'aveva usata contro mamma e contro tutti noi. Loro a Napoli si divertivano, in fondo. E noi invece ci sentivamo abbandonate anche da mamma. Con la zia Margherita e la zia Maria che si davano da fare per farci mangiare ogni giorno. No, mamma non avrebbe dovuto lasciarci per inseguire papà. Almeno Aldo ed Eleonora non sarebbero nati. Due di meno. Non ne parliamo.

– Ora sei tu a essere troppo severa.

Mia madre stende la tovaglia bianca.

– Per me sono lacrime e sangue, per te è solo una storia da scrivere.

– Credi?

– Prendi i bicchieri per lo champagne. Non ne parliamo.

Dalla finestra del circolo, Vera vide il primo raggio di sole salire sul mare piatto come olio pesante. Perdeva per la prima volta nella sua vita perché non aveva mai giocato con un uomo che non poteva conquistare.

"Aldo, la prego di accompagnarmi a casa. Il mio amico mi ha lasciata sola," gli disse alla fine della partita.

Francesco la prese sottobraccio e si avviarono verso la pensione Marechiaro. Vera lo scavò a fondo in quella passeggiata all'alba. Così seppe da lui una storia così diversa, così ricca di particolari, così colorata di aggettivi, da poterci scrivere un romanzo.

"Quella donna senza cuore mi ha lasciato e ripreso mille volte," raccontava lui come non avrebbe saputo fare il più grande romanziere della terra. "Durante la guerra, la clandestinità, non ho mai smesso di amarla e di pensare a lei. Abbiamo avuto insieme quattro figlie e le ha allontanate tutte da me. L'ho inseguita a Milano, a Roma. Lì mi ha cacciato definitivamente."

"Povero Aldo, di uomini fedeli come lei a un solo amore ce ne sono pochi in giro," sussurrava Vera, spiazzata dalle menzogne di lui che le impedivano di mentirgli a sua volta. "Deve aver molto sofferto. Forse non ha incontrato la donna giusta. Il fiore bianco in fondo non significa nulla. Guardi qui, lo porto anch'io ed è già appassito."

"Ma lei, Vera, si capisce subito che è tutt'altra donna."

Vera annuì e prese a raccontare la sua storia. S'inventò a sua volta figli, mariti, drammi, abbandoni. Arrivati davanti al portone della pensione Marechiaro, si erano commossi fino alle lacrime sulla loro comune sorte disgraziata.

A Vera veniva da ridere tra le lacrime. Immaginò in quell'istante, così raccontò poi in seguito, lo scherzo più abominevole che si possa immaginare. Lo fece aspettare fuori con la scusa che era meglio nessuno li vedesse salire insieme. Gli diede appuntamento nella sua stanza.

Francesco saliva le scale della pensione con il cuore in gola. Qualcosa lo turbava in quella donna, la prima dopo tre anni di astinenza forzata. Pensò a quanto era stato felice durante la guerra. Nessuno sapeva nulla di lui, né della sua origine, né delle sue due famiglie, né delle infinite donne magre rincorse pensando sempre a Francesca. Durante la guerra si era rifatto una vita e un'identità. Un uomo solo, intelligente e coraggioso in lotta per la libertà. Aveva amato la solitudine più di qualsiasi donna.

Saliva le scale della pensione verso la camera di Vera con il cuore altrove. Aprì la porta lentamente. Nel letto bianco intravide il corpo di Vera coperto dal lenzuolo leggero. Si avvicinò. Vide Francesca addormentata. La guardò attentamente per la prima volta, senza passione, con una pietà più forte dell'amore sempre dichiarato. Vide la ragazza con il cappello di paglia di Firenze, il suo sorriso tranquillo quando si erano salutati per la prima volta a teatro. In quell'istante, prima che Francesca potesse svegliarsi e reagire, decise di diventare il marito più legittimo, più fedele, più tenero, più tranquillo, più paterno, più noioso che lei potesse volere. La baciò sulla bocca e indietreggiò davanti allo sguardo di lei carico di odio.

Francesca iniziò la scena da pazza preparata cento volte in quegli anni interminabili. Lo schiaffeggiò, lo insultò, lo incolpò di tutte le nefandezze che conosceva, senza mai chiedergli come fosse arrivato lì. Pianse, urlò scagliandogli contro qualsiasi oggetto a portata di mano. Si fermò di colpo incredula.

Francesco le sorrideva come un cagnolino fedele.

"Non dici nulla?" gli chiese con la voce rauca.

"Riparerò," le rispose lui inviandole con la punta delle dita un tenero bacetto.

Iniziò il periodo più travagliato della vita di Francesca. Mia madre e le gemelle lo ricordarono come l'unico bello della loro vita di bambine. Lisa invece non perdonò mai al padre di essersi arreso al sogno di Francesca e non al suo.

9.

Alla pensione Moderna, come diceva mia madre, si sentivano abbandonati da tutti. Li sostentava solo il camion di farina e patate che si fermava ogni giovedì mattina davanti all'entrata di via dei Serpenti. L'unica a sapere chi fosse il loro benefattore segreto era la principessa madre, ma si guardava bene dal dirlo a Margherita Nevio e a Maria. Le due donne non indagavano più di tanto: c'erano da sfamare Ferdinando, Ciccio, Angelina, Francesca seconda, Ciccio secondo, Mimì, Anna, Maria, Luisa, più tutta la compagnia d'operetta che si era fermata a Roma in attesa della fine della guerra, e ogni giorno arrivava qualche amico di amici a chiedere ospitalità.

Fu in quegli anni che mia madre bambina ingrassò a furia di mangiare patate e polenta. Fu in quegli anni che i cugini, a furia di stare sempre insieme, si scambiarono promesse d'amore impossibili.

Ciccio e Ciccio secondo s'innamorarono delle gemelle; Ferdinando e Mimì celebrarono davanti ai cugini il loro fidanzamento; Luisa, Francesca e Angelina decisero, dato che gli uomini della famiglia erano finiti, di farsi suore tutt'e tre nello stesso convento.

Il giorno che Maria sentì Ciccio e Ciccio secondo promettere a Anna e Maria di andare dal papa a chiedere la dispensa per il loro matrimonio tra cugini primi, capì che bisognava lasciare Roma al più presto. Con l'anima schiacciata dai sensi di colpa, salutò i nipoti, affidandoli a Margherita Nevio, e accettò con i figli il passaggio verso Napoli offertole da un ospite della pensione, un certo Beniamino Scarfiati, mimo di professione, tanto brutto da essere presentabile solo con la faccia tinta di bianco e gli occhi bistrati. Per generazioni si raccontò dell'influenza di zio Beniamino sui talenti artistici della famiglia. Beniamino Scarfiati seminò la mala pianta anche se lo negò fino all'ultimo dei suoi giorni. Sosteneva che lo avevano frainteso, che nessuno dei nipoti era diventato un vero mimo, che l'idea malata dei giovani della famiglia di diventare tutti degli artisti veniva da mio padre e non da lui. Zio Beniamino si dimenticava il piccolo particolare che era stato lui a presentare mio padre alla famiglia. Fu una di quelle polemiche eterne alimentate dall'ozio, dalla convivenza, dall'amore per le parole che serpeggiava in famiglia come l'amore per le carte, se non di più. Nella discussione, l'ultima frase di Beniamino o dei suoi sostenitori era comunque sempre la stessa:

"Comunque, prima di Beniamino, fu Margherita Nevio con la sua compagnia d'operetta a portare l'arte in famiglia".

Era verissimo, e Maria, il giorno che decise di togliere i figli dall'influenza nefasta della convivenza tra cugini, non sapeva di allontanarli, anche se troppo tardi, da un male molto più grave.

Mimì, forse per il suo nome, forse perché era la figlia di Margherita e di un musicista fetente come la sua arte, portava Ferdinando e i cugini ad assistere alle infinite prove generali della compagnia d'operetta disoccupata. Nel salone della pensione, sotto il famoso arazzo francese usato come sipario, la compagnia provava *Scugnizza* e *Cin-cin-là*, giusto per tenersi in esercizio. I bambini iniziarono a comporre storie e sceneggiature come assatanati. Litigavano sulle parti e tagliavano i vestiti di Margherita per farne costumi di scena. Mimì e Ferdinando avevano trovato il modo migliore per amarsi recitando senza dare nell'occhio. E così i due Cicci e le gemelle. Mia madre, Angelina e Francesca seconda erano invece cameriere, vecchie o suore, come avevano deciso di diventare, a seconda dell'esigenza del copione.

Maria, i figli e Beniamino Scarfiati, in viaggio verso Napoli, furono fermati ad Aprilia e alloggiati in una cantina sociale insieme ad altri sfollati.

Francesca, incinta di Aldo, con Lisa, Francesco e Vera, in viaggio verso Roma, si erano dovuti fermare in una fattoria semibombardata vicino Mondragone.

Fu un'attesa alimentata nei due gruppi dalla finzione. Francesco, diventato cane fedele come aveva promesso a se stesso, cercava di procurare a Francesca ogni comodità possibile in tempi di guerra. Erano stati ospitati da una contadina rimasta vedova. Francesco l'aiutava a fare la mozzarella, a raccogliere le verdure, a tenere in ordine la terra; Francesca e Vera lavoravano in cucina. Francesco filava la mozzarella con un'eleganza che faceva innamorare la contadina sdentata. Infilava la mano nello stomaco dell'unico vitello rimasto per prelevare il caglio come in un guanto da sera. Molte storie si raccontarono poi in famiglia di quell'epoca di bontà campestre di Francesco e Francesca. Lisa ne faceva una malattia. Vedeva il padre dei suoi sogni, con le mani rosse e le guance rubizze, bere un buon bicchiere di vino rosso la sera ascoltando le notizie di guerra, addormentarsi alle otto e mezzo con la mano sul ventre di Francesca. In famiglia si disse poi sempre in seguito che Aldo era venuto al mondo buono e tenero come un pezzo di pane per via di quei giorni tranquilli di guerra in cui era lievitato nel ventre di Francesca. Ma la tranquillità di Francesca era solo apparente. La passione, gli abbandoni, i tradimenti che avevano alimentato l'amore per Francesco, le mancavano come i figli lontani. Lo confessava solo a Vera, in cucina, mentre preparavano la pasta e la salsa con l'aggiunta di un pizzico di zucchero per togliere l'acido. Francesco aveva proibito in eterno il gioco delle carte a tutti i membri della famiglia, associando il loro destino di pazzi all'amore insano per il gioco d'azzardo. Così

Vera si era ridotta a usare il mazzo di carte che portava sempre con sé per leggere il suo destino e quello di Francesca, ricamando su sciagure e drammi futuri, desiderati dalle due donne più della fine della guerra. Francesca ragionò poi molto negli anni su quel periodo. Ai figli disse sempre che la colpa della loro vita era stata di Francesco, del suo amore per le donne magre, delle sue ire e gelosie insensate, dei suoi ritorni inaspettati, dei sei figli di cui andava fiero un giorno e che abbandonava il giorno dopo. Eppure mia nonna sapeva, ne sono certa perché l'amavo da piccola più dei miei genitori, che non avrebbe potuto giocare una partita d'amore diversa. Doveva farsi vecchia per rimpiangere le mille esistenze perdute della sua vita.

Maria visse invece quei mesi nella cantina sociale, con Beniamino Scarfiati e i figli, una delle esistenze sognate quando era infelicemente sposata in tempo di pace con il tipografo. Beniamino insegnò ai suoi figli l'arte del mimo e a lei l'amore per la poesia. Beniamino le leggeva soprattutto Leopardi, con i versi cercava di farle apprezzare la sua bruttezza. E Maria, che aveva disprezzato il tipografo innamorato perché troppo plebeo, si innamorò del mimo sgraziato e femmineo, figlio di un pescivendolo di Testaccio.

"Il cuore di pietra di Maria è stato scalfito solo dall'arte di Beniamino Scarfiati," raccontavano Mimì e Ferdinando al loro figlio assetato di arte e viaggi. "Ma non tradì mai tuo nonno perché era troppo onesta."

Secondo Francesca non lo tradì perché Beniamino Scarfiati era troppo brutto e plebeo per una principessa snob e dal cuore di pietra com'era Maria.

Si sbagliavano in realtà tutti e tre, perché una sera, dopo uno spettacolo improvvisato nella cantina sociale insieme agli sfollati, Maria e Beniamino, ubriachi di canti, poesie e di alcuni fiaschi di vino miracolosamente scampati alla tragedia che li circondava, mimarono senza realizzarlo l'atto d'amore più appassionato e riuscito della loro vita. Cominciò tutto con uno scherzo e finì in tragedia. Con il mimo, dichiarò Beniamino, si potevano esprimere tutti i moti dell'anima, persino il più complicato fra tutti, quello dell'amore. Improvvisò per dimostrarglielo una dichiarazione mimata con tutta l'enfasi di cui era capace. Maria ne fu turbata e gli rispose mimando a sua volta la passione che sentiva crescere per lui. Si scambiarono allusioni di baci, di abbracci, di amplessi inimmaginabili per tutti e due; si spogliarono, restando vestiti, dei loro abiti rattoppati; gettarono lontano con gesti teatrali e ridendo da star male i loro cappotti, cappelli, gonna, pantaloni, biancheria intima. Erano nudi, uno di fronte all'altra, e pallidi perché sentivano di avere osato troppo. Fu in quell'occasione che Beniamino rinunciò definitivamente al mimo per diventare il miglior caratterista del cinema italiano del dopoguerra. Con il cinema, diceva, aveva potuto toccare donne bellissime, fare soldi e sposare Luana, miss Italia 1953.

"Il mimo in realtà non è che un supplizio di Tantalo." Alludeva evidentemente a quella sera in cui nella sua mente aveva appena finito di spogliarsi e di spogliare Maria. Il loro desiderio era allo stremo, e non si erano ancora scambiati una carezza o un bacio. Quando Beniamino avvicinò il suo volto dagli occhi in fuori a quello di lei, infuocato dal desiderio, e protese la piccola bocca sottile per un bacio, Maria pensò che somigliava a uno dei pesci venduti dal padre nel mercato di Testaccio. Le venne da ridere, e non si trattenne, perché una principessa può ridere di tutto e quando vuole. Beniamino non fece in tempo a crollare sotto il peso della vergogna, perché in una baraonda infernale di canti, suoni e bevute, gli sfollati e tutta la popolazione dei dintorni chiudevano il capitolo della guerra e non volevano più sentirne parlare.

La fine della guerra significò per tutta la famiglia un drammatico ritorno alla realtà, esattamente come era avvenuto per Beniamino Scarfiati quando Maria gli aveva riso in faccia.

La prima realtà di cui bisognò tenere conto furono le cambiali. Debordavano ormai come un fiume in piena dal cassetto della cucina, da restaurare come tutta la pensione chiamata ancora Moderna. La principessa madre le aveva tenute in grande ordine e decise di non aspettare neanche un minuto per mostrarle a tutta la famiglia finalmente radunata nel salone. Margherita Nevio e Vera, che avevano subito legato per via del loro comune passato di donne sole e leggere, se ne andarono in cucina a preparare il pranzo, dicendo che di cambiali non se ne intendevano. Francesca si era ormai abituata ad appoggiarsi in tutto a Francesco e si occupò di lavare le ragazzine.

Nel salone rimasero a guardarsi, tra le cambiali, la principessa madre e Francesco.

"Mia figlia ti farà in polpette, Francesco," esordì la principessa madre iniziando a raccogliere le cambiali che non interessavano nessuno.

"Quanto c'è da pagare?" le chiese lui con l'aria dimessa ormai abituale.

"C'è da vendere la casa, i mobili, e non basterà. Ma noi siamo abituate. Da quando abbiamo lasciato il palazzo siamo condannate a cambiare casa senza mai trovare pace," le rispose lei con una voce sovrannaturale.

Francesco guardò le mani della principessa madre: con una lentezza incantata sistemavano le cambiali sul tavolo come fossero carte di un solitario. Il viso della principessa era immobile, gli occhi fissi in quelli di Francesco, le mani lavoravano da sole, meccanicamente.

"Ti farà in polpette, Francesco, se continui a fingere di essere buono. Le donne della nostra famiglia devono stare sole con i loro figli. Le ho educate male, come tutte le madri, ho insegnato loro a fare bambini, ad amarli più di qualsiasi altra cosa, a giocare a carte appena capita, a fare feste, a stare tra donne, a litigare, a impigrirsi nell'attesa di un amore, a disprezzare l'uomo che le ama, ad amare solo quello che le disprezza. Abbiamo perso la casa, l'onore, non troveremo pace. Non troverai pace tu con lei."

La principessa madre si accasciò sul tavolo come era già successo al marito; morì sotto il peso delle cambiali che non interessavano nessuno.

Francesco non se ne accorse, pensò che era solo stanca della guerra e troppo anziana per aver parlato così a lungo. Si guardò le mani rosse e callose. Ripensò al gusto di vestirsi e uscire senza donne, con l'idea di incontrarne una prima dell'alba. Non cercò di capire se fosse vero o no quello che la principessa gli aveva appena rivelato prima di addormentarsi tra le cambiali. Se Francesca amava in lui l'uomo che la sfuggiva, lui amava fuggire da lei. Si alzò e uscì in punta di piedi per non svegliare la principessa madre addormentata. Chiuse la porta d'ingresso sull'odore del sugo pomodoro e basilico che Margherita Nevio e Vera avevano messo a bollire in cucina, sulle voci di Lisa, Anna, Maria, Luisa, Mimì, che giocavano nella vasca.

La principessa madre fu sepolta con il bastone del principe accanto. La famiglia si radunò al completo nella pensione svuotata dai creditori. Le bambine sedevano in circolo sugli arazzi francesi. Margherita li aveva salvati nascondendoli sotto il letto di morte della principessa madre. Nel corridoio deserto, mia madre raccoglieva i petali dei fiori caduti dalla bara portata a spalle dagli impiegati del comune. Ne fece un mazzetto. L'avrebbe regalato alla nonna che se ne era andata senza salutarla. Inspiegabilmente lo tese invece a un ragazzo sconosciuto, fermo sulla porta, intimidito dal silenzio della casa. Doveva avere circa diciotto anni. In testa portava, come un colbacco, un cuscino di capelli scuri, ricci e spessi come tronchetti d'albero. Gli occhi neri e cupi rivelavano un'intelligenza da fare paura. Mia madre, in seguito, li definì sempre così.

"È questa la casa della signora Francesca? Mio padre vorrebbe parlarle," disse con un forte accento milanese.

Mia madre gli offrì i fiori e lo introdusse nel salone vuoto di mobili e affollato di parenti.

"Mamma, c'è un ragazzo americano che ti vuole," mormorò a Francesca instupidita dal dolore.

Il ragazzo fece un passo in avanti e due indietro per effetto della folla di occhi che spuntavano dal nero degli abiti e lo fissavano ostili.

Per anni mio padre disse che quel giorno, vedendo tutta la famiglia di mia madre radunata nel dolore, aveva deciso di non sposarsi mai e di non procreare neanche l'ombra di un figlio.

"Luigi Faenza, mio padre, le vorrebbe parlare, signora," fece lui timido e aggressivo.

Lisa e Mimì scoppiarono a ridere davanti a tanti capelli. Mia madre pensò con dispetto che un ragazzo con tanti capelli non doveva darsi tutte quelle arie.

Sul pianerottolo della casa, Francesca si lasciò baciare le mani piangendo da Luigi Faenza, tanto invecchiato da sembrare suo padre. Mentre lo ringraziava per la visita di condoglianze e lo invitava a entrare, realizzò che sapeva il loro indirizzo. Era stato lui, negli anni di guerra, ad alimentarli con il camion di farina e patate che si fermava ogni giovedì davanti all'entrata di via dei Serpenti. Non lo ringraziò, perché non avrebbe dovuto accettare il suo aiuto, dato che l'aveva lasciato senza spiegazioni, ma gli offrì di fermarsi a cena con un sorriso rivelatore.

"Ho fatto un grande ruoto di gâteau di patate. A Milano ti piaceva molto."

Luigi Faenza non udì l'invito, né riuscì a fissarla negli occhi; vedeva solo il ventre di lei teso tra loro come un missile. Le gambe magre di Francesca cedevano sotto il peso abnorme. Pensò, con una furia omicida, che l'amore della vita di Francesca, quel mascalzone, era passato di nuovo da lì, o forse era ancora nella casa, e finalmente avrebbe potuto ucciderlo. Disse sì a tutto e si ritrovò, insieme al figlio Giovanni, unici maschi a capotavola tra cinquanta donne in lutto.

Il giovane Giovanni Faenza sedeva accanto a Lisa, non mangiò nulla e non le rivolse la parola. Solo a un certo punto – questa poi divenne la battuta famosa di Lisa su mio padre – troncò il racconto commosso di Lisa alle bambine sul film *Il ponte di Waterloo* con una sola irrevocabile stroncatura:

"Una melensaggine americana".

Lisa lo giudicò ridicolo e insopportabile. Non sapeva di averlo punto sul vivo. Giovanni Faenza, a diciotto anni, aveva già visto tutti i film che c'erano da vedere, letto tutti i libri che gli erano capitati tra le mani e dipinto nella sua testa i cento quadri che poi realizzò nella sua vita.

Luigi Faenza, seduto tra Francesca e Margherita Nevio, ingoiava con il gâteau di patate la sua rabbia senza sbocchi. Capì che il suo destino era arrivare nella vita di Francesca tra una gravidanza e l'altra; il suo unico dovere fornire alla donna amata e ai suoi figli una casa.

"Così dobbiamo andarcene tra poco," sospirava Margherita, arrotolando con cura il peperone intorno al boccone di gâteau di patate e inzuppandolo nel sughetto. "Io e Mimì abbiamo trovato una piccola casa di due stanze. Ma Francesca, povera Francesca, dove potrà mai andare, e nel suo stato."

"Io ho una casa ai Parioli che dovrei affittare," disse lui timidamente perché pensava al viso di sua moglie quando gliel'avrebbe detto.

"I Parioli non sono il massimo, però ci si deve accontentare," sospirò Margherita, che rimase tutta la vita una grande attrice, superata solo a volte da Vera.

Francesca rifiutò in ogni modo. Piuttosto sarebbe andata a dormire con le figlie sotto un ponte di Roma. Vera pianse tutte le lacrime che riuscì a raccogliere sotto le palpebre in quel momento fondamentale in cui Francesca stava per dare un calcio all'unica fortuna rimasta. Finché Luigi Faenza non si alzò in piedi con il bicchiere in mano, fatto che a tutta la famiglia parve fuori luogo essendosi appena celebrato un funerale.

"Sono un uomo semplice, un uomo del nord. La mia grande fortuna è stata di avere conosciuto questa nobile famiglia emigrata in una città ostile alla gente del sud. Io dichiaro qui formalmente di essere entrato a farne parte, grazie alla nobiltà di sangue e d'animo di questa famiglia. Dichiaro, anche a nome della principessa madre che era mia grande amica, e che in guerra mi scrisse per affidarmi la sua famiglia, che rinuncerò a ogni mia fortuna se Francesca non accetterà la casa che ora le offro."

Il silenzio cadde sulla tavolata. Francesca e Maria pensavano alla madre. Lisa sentì l'odio accumulato negli anni milanesi contro Luigi Faenza sciogliersi in lacrime di gratitudine. Vera pensò che ce l'avevano fatta. Giovanni Faenza che il padre era impazzito per una famiglia di femmine mascalzone e bugiarde e fece voto di castità.

Andarono a vedere la casa tutti insieme la sera, al tramonto. Si affacciava su una scuola di suore, una delle migliori scuole della città. In quella scuola, Lisa, le gemelle e mia madre ridiventarono delle ragazzine di buona famiglia, con la gonna blu a pieghe, la camicetta celeste e i mocassini di pelle blu.

Per molti anni, prima che la loro avventura sussurrata di tanto in tanto, prendesse la forma di un destino collettivo, le figlie e le nipoti di Francesca pensarono di essere solo delle ragazzine di buona famiglia.

Aldo nacque nella clinica accanto alla casa dei Parioli. Francesca pianse davanti al viso del suo primo e unico figlio maschio. Pensò di dargli un altro nome. Ma un giorno, mentre lo stava allattando, trovò, attaccato alla spilla da balia del pannolino, un biglietto con su scritto a chiare lettere il nome di battaglia di Francesco. Pensò di avere pronunciato quel nome in sogno, o di averlo detto a una delle suore della clinica. In ogni caso era troppo tardi per cambiare: non voleva passare per pazza. Doveva già subire lo sguardo di commiserazione delle suore per l'assenza di un marito, di un padre. Aldo tornò a casa amato e atteso come lo sceicco di un harem. E questa fu la condanna della sua vita prima che Giovanni Faenza non ricomparisse nel gruppo, senza capelli, con la stessa aria di superiorità, ma con l'intenzione ferma di sposare mia madre e di allontanare Aldo da quel gruppo di donne mascalzone.

In realtà Francesco era ritornato all'insaputa di tutti. Vera gli aveva telegrafato a Napoli la nascita del bambino. Francesco era arrivato in auto a Roma con un amico. Entrato nella clinica di notte, aveva sedotto in pochi minuti l'infermiera di guardia e si era fatto portare il bambino. Negli occhi aperti di quel figlio tardivo vide la sua stessa condanna.

"Ti faranno in polpette," gli sussurrò.

E gli lasciò nelle fasce il suo nome di battaglia: l'unica parte della sua vita di cui non si vergognava, la forza che sperava il figlio ereditasse, non da lui ma dalla madre.

Aldo ebbe tutte le qualità tranne la forza. Lisa lo amò in modo sconsiderato, come non aveva potuto adorare il padre. Vera gli fece da madre mentre Francesca era al lavoro. Aldo crebbe con sei madri. Lisa gli insegnò a camminare; le gemelle a mangiare e a vestirsi da solo; mia madre a giocare a carte; Francesca l'orgoglio del loro nome.

Aldo fu completamente felice per i primi sei anni, assolutamente infelice per i sei seguenti, incredibilmente felice per il resto della vita, anche nelle situazioni più disperate.

Era nato con il dono del buonumore. Con la condanna, diceva mio padre, che forse lo amava più di tutti i suoi familiari.

Aldo vedeva la vita come una fetta di anguria in una serata d'estate. Soffriva come tutti, ma gli bastava uscire, fermarsi a una bancarella di cocomeri, fumarsi una sigaretta.

Per i primi sei anni non volle saperne del padre, né delle fandonie che gli raccontavano le gemelle; né delle bugie eroiche di Lisa. A sei anni, giocando a scopa con mia madre, concepiva la vita come un'eterna vacanza d'amore con sei amanti già esperte. Si sentiva il bambino più felice della terra.

Quel periodo nella casa dei Parioli venne ricordato in famiglia in molti modi. Per Lisa fu l'epoca del suo amore sbagliato e del suo matrimonio. Per le gemelle l'epoca delle feste. Per mia madre l'epoca dei suoi successi scolastici. Per Francesca e Vera l'epoca delle serate a giocare a carte e a parlare dei matrimoni futuri delle ragazze. In quell'epoca, Francesca e Vera decisero di mettersi da parte, di fare a meno degli uomini. Iniziarono a vestirsi da donne di mezza età anche se avevano appena compiuto quarant'anni. Si sentirono sollevate dall'abbandono volontario delle passioni d'amore. Iniziarono a coltivare quelle delle figlie, a organizzare merende per le amiche delle gemelle, a ricevere i pretendenti di

Lisa. A preparare, una volta al mese, la cena per Luigi Faenza che veniva a Roma per il pagamento degli affitti delle case della moglie.

Francesca disegnava e cuciva vestiti da sera. Immaginava sempre Lisa in uno di quei vestiti, ma non riusciva mai a cucirne uno per lei. Quando tornava a casa era esausta.

Quella notte, aveva portato a casa uno shantung di seta verde acqua comprato a poco. Lisa era stata invitata a una festa il giorno dopo, ma aveva dovuto rinunciarvi perché non sapeva cosa mettersi. Francesca lavorò tutta la notte, come poi si abituò a fare spesso per le altre figlie, per le sue numerose nipoti, per le amiche delle nipoti. Vera vegliò con lei. Le preparava il caffè di tanto in tanto perché non si addormentasse con l'ago in mano. Fu una notte incantata. L'ammirazione di Vera per l'amica in quella notte diventò venerazione. Mentre parlavano e si raccontavano le loro storie risapute, la stoffa prendeva la forma del corpo di Lisa: le spalle, la vita, la scollatuta, i fianchi. A Vera parve di intuire, nei movimenti frenetici e precisi dell'amica (poi se lo dimenticò per il resto della vita), il segreto di Francesca, il suo, quello di tutte le donne che conosceva. "Gli uomini sono solo gli arbitri di una partita tra donne," sussurrò accendendosi la centunesima sigaretta.

Francesca non la udì. Ma era inutile ripeterle quella verità capitale appena intuita. Francesca era nel pieno della partita, e le sue verità le erano indifferenti; doveva solo finire il vestito in tempo.

La notte della festa Francesca svegliò le gemelle. Le gonne blu e le camicette celesti erano piegate sulle sedie; i mocassini lucidi allineati accanto ai letti. Le gemelle erano ridiventate delle snob insopportabili.

"Lisa non è ancora rientrata. Vera è andata a cercarla."

"Cosa dobbiamo fare?"

"Devo trovare qualcuno con cui giocare per non pensare a cosa può esserle successo. Su, alzatevi, non fate finta di dormire."

Le gemelle si trascinarono morte di sonno nel soggiorno.

Anna mischiava le carte a occhi chiusi. Maria pensava alla lezione del giorno dopo. In quel momento odiavano Francesca.

Cosa successe quella notte lo seppe solo Vera. Esitò a lungo a raccontarmelo, trent'anni dopo.

Si vestì da giovane per andare a cercare Lisa. Era una decisione irrazionale perché mai come in quell'occasione servivano autorità e saggezza. Ma Vera pensò che sarebbe stato più facile riportarla a casa nel suo ruolo di giovane amica di famiglia che ne ha passate tante e può capire. A casa ci avrebbe pensato Francesca a urlare e a fare l'isterica. Alla fine del racconto mi confessò di essersi divertita come una matta.

"La decisione di rinunciare agli uomini l'aveva presa Francesca, non io. Io mi ero adeguata, come al solito," mormorò, pronta a impietosirsi subito e a piangere sulla sua sorte.

Quando arrivò alla festa, impennacchiata come quando andava a caccia di amanti durante la guerra, non c'era più nessuno. Erano le tre. Due camerieri stanchi pulivano la sala da ballo dell'albergo. Un ragazzo "bello come il sole", mi disse, dormiva ubriaco in un angolo, la testa appoggiata su un tavolo. Vera lo svegliò con il garbo di un'attrice incallita. Si chiamava Luciano e aveva bevuto per dimenticare. Per Vera non c'era nulla di meglio che fare la confidente in una sbornia d'amore. Passeggiarono nella città deserta. Nella mente di Vera, Lisa era ormai lontana. Il ragazzo aveva qualcosa di angelico: la camicia sbottonata sul collo bianco; gli occhi castani vaghi d'amore e alcol. Ripararono nella stanza affittata dai genitori del ragazzo per farlo studiare all'università.

"Se non avessi avuto quell'ultima notte d'amore con quell'angelo, non avrei resistito alla vita da vecchie signore che ci aspettava," mi disse con gli occhi che ancora le scintillavano giovani nel viso segnato da una quantità di rughe inimmaginabili.

Luciano e Vera si consolarono a vicenda in quelle poche

ore prima dell'alba. Da quella notte Luciano divenne un abituale frequentatore della casa dei Parioli. Cosa facesse Vera agli uomini nessuno lo seppe mai con chiarezza. Sempre si sussurrava in famiglia che lei "faceva cose". Ancora mi sento una scolaretta alla prima esperienza se penso a quali "cose" potessero essere. Quel giorno in cui mi raccontò il ritrovamento di Lisa, provai a chiederglielo.

"Non ci sono veri e propri trucchi o se vuoi ce n'è uno solo: non vergognarsi. Io non ho mai capito perché ci si debba vergognare quando si è nudi. Vestirsi, invece, è così difficile. Solo Francesca sapeva sempre, esattamente, cosa si doveva portare. Ma lei era una grande artista."

Vera tornò a casa da sola, perché Luciano dormiva come un sasso tra la sbornia e la ginnastica a cui Vera l'aveva iniziato. Per tutto il viaggio si chiese se non fosse meglio fuggire subito, piuttosto che affrontare l'ira di Francesca. Sotto casa vide una coppia che si baciava.

Riconobbe Lisa e il suo amore sbagliato.

"Zia Vera, questo è Mario, ho appena fatto l'amore con lui per la prima volta e ci vogliamo sposare. Vai da mamma a dirglielo."

Vera cercò qualche parola saggia, da zia, ma non la trovò nella sua esperienza, e neanche riuscì a mentire pensando a Luciano e al modo in cui si erano amati senza vergogna pochi istanti prima.

Salì da Francesca come una condannata a morte. Francesca giocava con le due gemelle con il solito accanimento malato. Anna e Maria si erano svegliate del tutto, avevano dimenticato la scuola, le divise, le amiche perbene. Si insultavano come carrettieri per un punto, per uno scarto.

Fu il gioco, come sempre, a risolvere tutto. Vera le vide giocare e capì come affrontare la situazione.

"È meglio che la smettiate subito," disse con una voce piena d'autorità. "Io vado in giro a cercare Lisa e voi ve ne state qui a giocare. Meglio che ti vesti, Francesca, perché giù c'è un ragazzo che vuole sposare Lisa: ottima famiglia, ricco, credo anche nobile," azzardò.

Le gemelle si rinfilarono nei letti in tempo per vedere scomparire Vera, poi uscirono dalla stanza e si misero a origliare. Sul divano del salotto sedevano Vera e Francesca, di nuovo vestite da signore di mezza età. Solo il fiore bianco sul petto di Francesca palpitava e rivelava l'emozione. A Mario, l'amore sbagliato di Lisa, sembravano due mummie. Lisa aspettava in camera sua. Ci fu un silenzio eterno, poi Francesca se ne uscì con una domanda che nessuno si aspettava.

"Come nasce?"

Era una reminiscenza di un'abituale domanda del principe padre. Mario si guardò intorno e poi fissò interrogativo il viso contratto dalla paura di Vera.

"Chi?" chiese gentile, anche se le cronache familiari riportarono poi che era un mascalzone.

"Lei, e chi altri?" gli rispose Francesca con una durezza che avrebbe fatto fuggire un plotone di soldati. "Noi abbiamo quattro quarti, e il nostro nome risale a prima dell'anno mille, ai crociati, come saprà. E il vostro?"

Mario pensò che aveva fatto male a non frequentare la scuola per più di due giorni l'anno.

"Mondaini. Mio padre è proprietario della omonima fabbrica di biscotti," balbettò.

Francesca pensò cinque cose, una dietro l'altra, con la velocità di associazione che le era naturale.

All'errore fatto ospitando in casa una donna traviata e bugiarda come Vera. Alla sua vita sprecata per via di quel crociato maledetto. A Luigi Faenza. Alla fabbrica di biscotti. A Francesco che sarebbe dovuto tornare per accompagnare Lisa all'altare.

Entrò nei panni della donna aperta, democratica, indipendente che malgrado tutto sentiva di essere.

"Vede, Mario," iniziò pacatamente sotto lo sguardo incredulo di Vera, "crociati, nomi, nascite non sono niente se non ci sono amore e rispetto. L'unica domanda che avrei dovuto farle e che ora le faccio è questa: lei ama e rispetta Lisa? No, neanche questa. Ce n'è una più importante: Lisa le porta rispetto? No, aspetti. Un'altra ancora: Lisa è innamorata di lei? Chi dei due è più innamorato? A ottant'anni vi amerete ancora come oggi? C'è una sola di queste domande a cui lei può rispondere? E comunque nessuna di queste significherebbe qualcosa, perché lei sposerà comunque Lisa, dato che avete già fatto l'amore di nascosto e volete continuare a farlo in pace."

Mario chiese un caffè perché si sentiva confuso, sballottato dal medioevo al futuro in una frazione di secondo. Vera si affrettò a prepararglielo per sfuggire all'ira di Francesca. Venne chiamata Lisa, pronta a dare battaglia per sposare il suo amore sbagliato.

"Abbiamo parlato, Lisa. Mario mi ha detto che ti ama. Immagino che tu lo ricambi. Per quanto riguarda il matrimonio, bisognerà aspettare il ritorno di tuo padre. Sai quanto è severo e intransigente. Vorrà parlare lui stesso con Mario e sarà lui a decidere. E comunque, da oggi al matrimonio, vi vedrete solo di pomeriggio e qui a casa."

Lisa la guardava senza crederci, ma non ebbe il coraggio di contraddirla: la madre voleva, almeno in quell'occasione, darle un padre.

Nella mente di Lisa e di Mario si profilò in quell'istante l'idea che quel matrimonio fosse un errore.

Mario ripensò alla ragazza orgogliosa che andava a prendere le sorelle all'uscita di scuola. Al modo appassionato in cui aveva risposto al suo amore. Forse era instabile e volubile come la madre.

Lisa si accorse semplicemente di rallegrarsi all'idea del ritorno di Francesco per il suo matrimonio. Intuì, anche se poi lo negò sempre a se stessa e agli altri, che il sogno di sposarsi era racchiuso nell'immagine della lenta camminata col padre fino all'altare.

Tutte le donne della famiglia coltivarono poi in modo maniacale il sogno di Lisa.

Ma nessuno dei due fiatò e si andò avanti nella ostinata preparazione del matrimonio.

Francesca telefonò alla sorella, a Napoli, ordinandole di cercare Francesco in tutta la città e fuori se ce n'era bisogno.

La conversazione, iniziata in toni drammatici, finì in una eccitata descrizione di vestiti: quello che Francesca avrebbe disegnato per Lisa, per sé, per i figli più piccoli di Maria che avrebbero fatto i paggetti insieme ad Aldo.

I genitori di Mario vennero invitati a cena. Vera cucinò il sartù di riso per farsi perdonare. Francesca improvvisò il suo famoso babà degli anni di guerra. I proprietari della fabbrica di biscotti, impressionati dall'ordine della casa, dal buon cibo, dalla bellezza di Lisa e dei bambini, chiesero soprattutto del padre assente.

"Mio marito lavora in banca," rispose Francesca con sicurezza, prendendo lo spunto da uno dei tanti lavori che Francesco aveva intrapreso e poi abbandonato. "Ora è all'estero ma dovrebbe tornare presto, comunque è stato informato. Non vede l'ora di conoscervi e di incontrare Mario. Lisa è sempre stata la sua preferita."

Si passò a discutere della casa in cui avrebbero abitato i giovani sposi, della cerimonia, degli invitati. In una serata, il matrimonio di Lisa venne consumato in ogni dettaglio.

L'attesa di Francesco divenne come al solito un romanzo a puntate. Ogni sera, in famiglia, si faceva il punto della situazione: era passato da Napoli qualche mese prima; lo avevano visto a un ballo a Firenze; un'amica di Vera aveva telefonato dando notizie di una serata al casinò di Venezia in cui Francesco era stato visto in compagnia di una giovane cantante lirica, ma si ricostruì dopo che quella era una storia vecchia e la cantante lirica doveva essere senz'altro Margherita Nevio dieci anni prima.

Luciano, l'amante di una sera di Vera, si era appassionato a quella storia e non perdeva una puntata. Vera lo aveva presentato come il figlio di una sua amica di Firenze. Avevano taciuto la loro relazione di una notte. Ogni tanto, nelle lunghe serate in cui si giocava aspettando notizie di Francesco, Vera gettava uno sguardo al suo giovane e fugace amante e sospirava. Luciano, divenuto poi zio Luciano, partecipava all'angoscia di Lisa per l'assenza del padre e cercava di rallegrarla come poteva. Le raccontava dei suoi amici dell'università, delle loro serate passate in bevute, al cinema o in giro per le strade di una Roma incantata. Così, in attesa di un matrimonio che non si celebrava, presero a uscire insieme di nascosto.

Lisa viveva in un limbo meraviglioso: le prove del suo abito da sposa, i pomeriggi con Mario parlando della loro vita futura e le serate con Luciano. Durante la notte, nelle poche ore di insonnia, si accorse di sperare che l'attesa di Francesco non finisse più. Ma Francesco arrivò come sempre al momento risolutivo. Un padre assente veglia sui propri figli anche da lontano.

10.

Il matrimonio di Lisa e Mario fu senz'altro il racconto più narrato e su cui, tra una partita e l'altra, si rise più di ogni altro. La ragione per cui la famiglia non si disintegrò sotto i colpi del destino o per la volontà ciclica di qualcuno dei suoi appartenenti, fu proprio la capacità aberrante di ridere dei guai.

A venti giorni dalla data fissata per il matrimonio, Francesca prese l'iniziativa, senza dire nulla a Lisa. Si vestì con cura, come faceva sempre quando doveva affrontare una situazione infelice, e andò a fare visita alla futura consuocera.

La madre di Mario era seduta al tavolo da pranzo della sua casa di periferia. Non aveva mai voluto lasciarla, malgrado la fabbrica di biscotti li avesse arricchiti oltre ogni loro aspettativa. Francesca spolverò con lo sguardo i mobili di campagna ricoperti di tovaglie perché non si sciupassero, le tazzine di porcellana seminate nella stanza come sculture. Assaggiò i famosi biscotti offerti con lo sciroppo di amarena. Si sentì bene in quella casa di una vita che non avrebbe mai condiviso.

"Cara Saveria, i vostri biscotti sono molto buoni, ma credo che il matrimonio tra i nostri due figli sia inopportuno," le disse sentendo di colpo il peso della sua vita di errori, di figli, di case, di bugie.

Gli occhi di Saveria la guardavano in cerca di una spiegazione.

"Lisa non porta il nome del padre perché Francesco ha un'altra famiglia."

"Lisa ci ha detto che il vostro cognome era più nobile di quello del padre," balbettò Saveria.

"E tu ci hai creduto?"

"Neanche un momento, Francesca, ma ho avuto anch'io le mie disgrazie."

Saveria si alzò per chiudere la porta, e quando si sedette di nuovo di fronte a Francesca, si era già trasformata nella contadina d'acciaio che era stata prima di incontrare l'uomo scelto per dare un nome al figlio.

"Lisa non porta il nome del padre, ma Mario il suo non l'ha mai conosciuto. Così non fa molta differenza, mi pare."

Francesca capì che, matrimonio o no, Saveria sarebbe entrata nella sua vita.

"Il padre di Mario è stato l'amore dei miei sedici anni. Ma chi può mai sperare di avere accanto l'amore per tutta la vita?"

"Io," disse mia nonna senza pensarci.

"Per questo ti ammiro, Francesca. Sei l'unica donna che conosco che non si è arresa alla realtà."

Francesca avrebbe voluto raccontarle dell'enciclopedia, delle mille esistenze da zitella rimpiante di tanto in tanto, ma pensò che il modo in cui Saveria vedeva la sua vita era uno dei tanti modi possibili.

Saveria aveva saputo tutto, o l'aveva semplicemente indovinato, oppure era stata di nuovo quella bugiarda di Vera.

"Cosa facciamo?" le chiese Francesca rimettendo il destino di Lisa nelle mani più sicure di quella contadina d'acciaio.

"Celebriamo il matrimonio senza il padre. Mio marito, sposandomi, non ha chiesto dov'era il padre di Mario; non chiederà neanche questa volta dov'è quello di Lisa. Comunque, io farò due ruoti di lasagne. Al matrimonio di Mario, nobili o non nobili, nessuno soffrirà la fame."

Passarono a parlare degli invitati, dell'addobbo della chiesa, del dolce. Il matrimonio di Lisa si celebrò così una seconda volta e molte altre volte ancora nei venti giorni che mancavano.

Da Napoli arrivarono il tipografo con i genitori e Maria con i cinque figli; la signora Licia e il marito.

Da Milano venne chiamato Luigi Faenza per accompagnare Lisa all'altare. Da tutta l'Italia rispuntavano gli amici della pensione Moderna: cantanti, ex profughi ora con mogli e figli. Margherita e Mimì si sistemarono nella casa dei Parioli per aiutare Francesca. Come al solito c'erano bambini addormentati su ogni letto o divano. L'ultima cena era alle tre, dopo l'ultima mano di poker.

Si riallacciarono vecchi amori tra i bambini ora divenuti ragazzi. Le promesse di matrimonio erano favorite dall'atmosfera di festa, di passione familiare.

Ferdinando e Mimì si appartavano in ogni angolo della casa. Si chiamavano l'un l'altra a bassa voce con diminutivi, vezzeggiativi sdolcinati che avrebbero fatto inorridire Maria e Margherita Nevio.

"Mio cavaliere, soldatino dell'amore," gli diceva Mimì che sognava di sposare un militare dopo avere vissuto con la madre tra cantanti e spostati dell'arte.

"Cioccolatino mio, bianca bambina dei miei sogni," le sussurrava Ferdinando, dopo aver sopportato come una condanna a vita l'infelicità dei suoi genitori, l'amore impossibile del tipografo per la madre.

Maria aveva insegnato a lui più che agli altri l'orgoglio del loro sangue, il furore estetico, alludendo a qualcosa nel suo passato che lo rendeva diverso dagli altri figli. Ma Ferdinando era cresciuto marito ideale della bambina Mimì, abbandonata tra le capre, e innamorata proprio per questo della delicatezza dei moti dell'animo. Ferdinando sognava di rientrare a casa mentre Mimì gli correva incontro con il loro bambino in braccio. Sognava una piccola vita d'amore. Mimì e Ferdinando, nati da padre ignoto come quasi tutti i bambini della famiglia, furono gli unici a realizzare il loro sogno d'amore anche se per poco tempo.

Le gemelle stavano invece per conto loro, snobbavano i cugini napoletani. Si sentivano superiori a quei parenti rumorosi e si auguravano che nessuna delle loro amiche perbene capitasse nella casa in quei giorni. Mia madre si occupava di Aldo. In quel periodo nacque la loro complicità che durò poi tutta la vita.

A Francesco nessuno pensava più, tranne Lisa. Di notte si alzava nella casa piena di ospiti addormentati. Nel salotto c'era sempre una luce accesa intorno a un tavolo di giocatori insonni. Scivolava fino alla cucina e spiava la strada dietro il vetro della finestra. Se Francesco fosse arrivato ora, avrebbe mandato tutto all'aria. Per la prima volta nella sua vita desiderò la sua violenza, le sue gelosie immotivate, le scenate con la madre. Tutto purché arrivasse e la tirasse fuori da quel matrimonio sbagliato. Mentre l'uomo giusto era lì, in mezzo alla strada, illuminato dalla luce giallognola del lampione, l'aspettava. In quella confusione nessuno si era accorto delle assenze di Lisa, dei suoi ritorni all'alba. Vedevano il suo pallore e lo attribuivano all'emozione per il giorno fatidico che si avvicinava. Luciano l'aspettava accanto al lampione ma non aveva ancora osato baciarla. Le loro serate clandestine furono le più belle della loro vita e, io credo, di molte altre vite, perché Roma negli anni della loro giovinezza, dopo la guerra da dimenticare, brillava delle luci di un set di cinema. Il cinema, la pittura, la canzone improvvisata per amore o per odio erano il pane delle loro nottate, insieme a ragazzi venuti da ogni provincia di un'Italia da dimenticare. Fu così che in una trattoria di via della Croce, Lisa rivide Giovanni Faenza, mio padre, sempre più intransigente e odioso ora che aveva anche perso tutti i capelli. Lisa lo fissò a lungo, seduto a un altro tavolo della trattoria insieme a quattro ragazzi furibondi come lui. Lo guardò finché non scoppiò in una risata irrefrenabile.

"Giovanni Faenza senza capelli... non è possibile..." si torceva dal ridere Lisa.

Unirono i tavoli e i due gruppi si presentarono. Lisa cercò di non ridere più per non ferirlo, ma non riusciva a non pensare alla perdita secca di quel tappeto di capelli spessi come tronchetti di cui avevano tanto riso con le sorelle. Lisa scoprì nel gruppo anche Beniamino Scarfiati, il mimo più brutto del mondo, l'innamorato della zia Maria. Beniamino si informò della sua famiglia, della zia dagli occhi di ghiaccio a cui aveva lasciato il cuore. Era un attore ora e cercava di aiutare quei giovani a fare qualcosa della loro vita.

Giovanni Faenza non chiese della famiglia di donne pazze di cui il padre si era inspiegabilmente innamorato. Sapeva che Lisa si doveva sposare e si chiedeva cosa ci facesse lì, in compagnia di un altro ragazzo, a pochi giorni dal suo matrimonio.

Si ritrovarono nella strada dopo aver mangiato e bevuto da non poterne più. Giovanni Faenza camminava accanto a Lisa nel suo solito silenzio ostile.

"Allora ti sposi," bofonchiò giusto prima di salutarla.

"Sì, mi farebbe piacere se venissi anche tu," le disse lei triste.

"Ti fa piacere sposarti?" gli chiese lui brusco.

Lisa guardò la verità negli occhi scuri di lui tanto intelligenti da fare paura.

"Non so," sussurrò lei.

"E allora non lo fare."

"Mario mi sposa anche se mio padre è..."

"Per quanto tempo dovrete ancora far scontare agli altri la vostra condanna?"

Lisa ci pensò su un momento.

"Far scontare agli altri?"

"Sposare uomini senza amore e tormentarli. Mettere le vostre passioni sopra i sentimenti di chiunque incontrate."

Lisa pensò che Giovanni Faenza sapeva di lei più di chiunque altro e non bisognava perderlo.

"Allora verrai?" gli chiese con le lacrime agli occhi.

"No, odio i matrimoni, soprattutto quelli religiosi. Mio padre verrà e ti accompagnerà all'altare come hai sempre sognato. Salutami la tua sorellina con gli occhi color del mare."

"Quale? Li abbiamo tutti celesti," balbettò lei piangendo sulla sua infanzia sbagliata, sul suo matrimonio senza amore.

"Quella che somiglia a Lauren Bacall," gli lanciò lui.

E se ne andò, lasciandola in lacrime.

Sotto il lampione, quella sera, Lisa e Luciano si baciarono per la prima volta e decisero di sposarsi, di aspettare giusto il tempo per annullare il primo matrimonio.

Lisa saliva le scale di casa pronta ad affrontare la madre, Vera, la zia Maria, il tipografo e tutti gli ospiti radunati nella casa per il suo matrimonio sbagliato.

La casa era in un silenzio minaccioso per quell'ora. Alle cinque c'era sempre qualche giocatore ancora sveglio, qualche ultima polemica di gioco urlata sulla soglia di casa o nel fondo di un corridoio. Tutto era invece buio e silenzio. Lisa entrò nella stanza dei regali: Vera li aveva sistemati ad arte su un lungo tavolo affittato per il pranzo. Lisa accarezzò con un dito un puttino d'argento che sorrideva sfrontato alla sua disgrazia. Lo spinse e lo fece cadere a terra. Nel suo cuore spezzato udì la voce del padre sussurrarle qualcosa.

"Non ci si può sposare senza il padre, Lisa, porta male."

Gli rispose a voce alta, credendosi sola.

"Che padre ho avuto io, un padre bastardo, troppo bello per essere dimenticato, troppo mascalzone per poterlo amare."

Come a teatro, una luce si accese in un angolo. Francesco era seduto su una poltrona alta, con i braccioli dorati e la stoffa di seta celeste, sotto la luce bianca del lampadario che aveva appena acceso. Il fiore bianco fosforescente sulla giacca blu notte, gli occhi ironici, il sorriso dolce sulle labbra. Un uomo bellissimo. Così lo ricordò Lisa tutta la vita, così ne parlò ai figli, ai nipoti. Così lo ricordo io senza averlo mai visto.

Dietro le spalle di Lisa, le sue sorelle, le sue figlie, nipoti, amiche, Francesca, Maria, la principessa madre, Margherita Nevio, Vera, le infinite amanti di Francesco, le sue sorelle converse, la conversa che aveva sposato, le sue figlie legittime, tutte le donne che lo avevano amato anche solo per una notte, e anche io se posso mettermi nel gruppo, le sussurrammo qualcosa che Lisa non riuscì ad afferrare.

O non volle, perché molti anni dopo, in una serata di confidenze, dopo avermi invitato a mangiare il suo famoso ragù nella casa in cui viveva ormai sola dopo la morte del marito, mi confessò di avere udito perfettamente il coro di voci dietro le sue spalle ma non era sua abitudine credere alle donne.

"Mi dissero: lascialo. E ci voleva molto a capirlo! La stessa cosa che doveva fare mia madre da tanti anni. Non ci voleva molto a capirlo. Ma capire non è riuscire a cambiare. Sapevo esattamente che avrei dovuto sputargli in faccia, rovinargli il suo sorriso ironico, il suo abito blu notte, il suo fiore candido all'occhiello, dovevo fare qualsiasi cosa purché mi apparisse meno bello. Ma più forte della voce di tutte quelle donne pazze dietro le spalle, udivo il desiderio di un'altra donna. Non la conoscevo. Forse era una mia parente persa tra i rami dell'albero dei miei antenati, nelle infinite genealogie di tutta la nobiltà napoletana decaduta, nelle generazioni di donne che avevano abitato Napoli. Fu lei che abbracciò, dimenticando ogni offesa, ogni abbandono, quel padre elegante e profumato col fiore bianco che non odorava più di nulla."

Francesco abbracciò la figlia come fosse appena tornato da un viaggio di lavoro. La rimproverò come un padre qualsiasi per le sue fughe notturne. Con grande gioia di Lisa s'incaricò di ogni cosa per mandare a monte il matrimonio che non aveva approvato. Vera si preoccupò di rispedire i regali. Fu un lavoro che la impegnò per settimane; raccogliere tutti gli indirizzi e comporre i centocinquanta biglietti di scuse con una spiegazione plausibile.

In una delle serate allegre, dopo il dramma del matrimonio andato a monte, una serata in cui si era tentati di ridere di ogni dettaglio patetico della storia appena vissuta, Vera raccontò alla famiglia riunita di aver infine composto il seguente testo uguale per tutti:

"Matrimonio andato a monte causa uragano sentimentale".

"Uragano sentimentale" sostituì da allora e sempre più spesso la parola passione che a forza di pronunciarla era diventata ripetitiva e vuota di senso.

Di matrimoni andati a monte causa uragano sentimentale ce ne furono molti in famiglia, ma quello di Lisa fu il primo.

Cacciati gli ospiti dalla casa diventata di nuovo una pensione, Francesco prese a recitare come meglio non si può il ruolo del padre autoritario. Francesca non suscitò in nessun modo il racconto dei cinque anni di assenza. Per la prima volta non sentiva gelosia ma solo stanchezza. Non voleva scenate. Le pareva di essere ormai immune da uragani sentimentali.

La notte in cui Lisa aveva deciso di non sposarsi più, seduta al tavolo di poker, attraverso gli strati di nebbia del fumo di sigarette, Francesca lo aveva visto nell'ingresso togliersi il cappotto e il cappello come rincasasse dopo il lavoro. Capì che non si potevano riassumere cinque anni di assenza se non ignorandoli. Andò in camera di Aldo, lo prese, e ancora addormentato lo depose nelle braccia del padre. Quel momento fu l'incubo ricorrente di Aldo, l'inizio dei suoi anni infelici. Il padre gli sembrò un mostro con i baffi e con gli occhi di fuoco. Francesco lo scostò da sé per guardarlo. Lo trovò grasso e lagnoso. Lo riconsegnò a Francesca. La presentazione del suo unico figlio maschio gli procurò un inizio di soffocamento, chiese dell'acqua. Nei giorni seguenti, e poi nel corso degli anni, cercò di non pensarci. Lo evitava. Evitava lo sguardo arrendevole del ragazzino che portava il suo nome di battaglia.

– Lisa lo ha sempre difeso, malgrado tutto, io no. Per una sola ragione: il male che ha fatto ad Aldo. Non lo ha mai potuto vedere, anche se fece carte false, nel senso letterale della parola, per dargli il suo nome. L'unico che ha il nome di papà.

Mia madre sistema sul tavolo le flûtes di cristallo per lo champagne.

– Ma comunque non mi piace il modo che hai di interro-

garmi. L'infanzia si deve dimenticare. Siete sempre tutte in cerca di ragioni psicologiche dell'infelicità. Cosa dovremmo dire noi, allora, con l'infanzia che abbiamo avuto. Eppure ci siamo sposate, abbiamo avuto una vita normale.

Mi fermo a guardarla. Mi chiedo come possa dire una cosa del genere con tanta naturalezza.

– Normale. Sempre tutte sull'orlo di una crisi di nervi.

– Voi. Noi no. Teniamo duro perché la nostra vita è stata più dura della vostra.

– Perché non lo poteva vedere?

– Perché era un maschio, e lui amava solo le donne. Perché Aldo era buono e allegro. Lo faceva sentire in colpa.

Mia madre si siede accanto al tavolo apparecchiato per la festa, gli occhi color del mare appannati di lacrime.

– Lo odio per quello che gli ha fatto. Avremmo dovuto sbatterlo fuori di casa, e invece lo abbiamo amato fino all'ultimo, come mamma. Certe cose non si possono dimenticare, non si dovevano dimenticare.

L'abbraccio. Non mi respinge. Non respinge mai un abbraccio. Per questo mi sembra la donna più forte che abbia mai conosciuto. Non ha mai avuto paura dei sentimenti. Troppo poca paura.

Per prima cosa, come al solito, Francesco decise di cambiare casa. Non sapeva che il proprietario dell'appartamento dei Parioli era Luigi Faenza, perché Francesca glielo aveva nascosto. Doveva solo rifondare una delle sue cento vite.

Nuova casa, nuovi mobili, nuovo lavoro. Tutto talmente prevedibile che Lisa, le gemelle, mia madre, Vera e Francesca ne ridevano in sua assenza. Affittò una casa non molto lontana da quella vecchia, sempre ai Parioli, e l'arredò con mobili cercati uno a uno da amici antiquari. Li avrebbe pagati in seguito col suo nuovo lavoro di vicedirettore del "Tempo illustrato". L'abilità con cui Francesco trovava lavori e li lasciava fu sempre un mistero per tutti. L'idea dominante è che riuscisse a far sembrare la sua assunzione un dono insperato, concesso solo a persone di particolare livello estetico e culturale. Spesso accompagnava il suo capo dal sarto giusto. Gli ordinava un guardaroba nuovo facendogli spendere una fortuna. E l'altro gli era riconoscente e lo ringraziava come avesse appena ricevuto un regalo.

Finché durò il gioco di ammobiliare la nuova casa, Francesco fu un padre e un marito felice. Andava a prendere le gemelle e mia madre a scuola, portava Francesca e Lisa a passeggio. Cantava la mattina mentre si preparava per andare al lavoro. L'unico che intuiva la follia in agguato e lo sfuggiva era Aldo. Si nascondeva sotto i tavoli o dietro una delle sorelle appena sentiva il passo del padre nel corridoio, la scampanellata tipica all'ora di pranzo. Non osava avvicinarsi alla madre quando Francesco era in casa, evitava di suscitare la sua gelosia.

Il gioco della casa si esaurì il primo giorno di scuola di Aldo.

Mia madre l'aveva tenuto stretto tutta la notte e trascinato in bagno una ventina di volte per evitare che bagnasse il letto. Nel corridoio buio, davanti alla porta del bagno, udirono le voci dei due vecchi amanti incalliti. Le urla di gelosia di Francesca; le frasi corte e rabbiose di lui.

Poi, ancora più temibile delle parole, il silenzio del loro amore che li rendeva schiavi l'uno dell'altra.

L'idillio era finito e Francesca era di nuovo incinta.

Quella mattina non si sentirono le note della canzone di Francesco, né i passi leggeri di Vera in cucina che preparava la colazione. Aldo e mia madre furono svegliati dall'entrata trionfale di Francesco nella stanza.

"Questa mattina e da ora in poi ti veste tuo padre," disse, tirando fuori dal letto Aldo che tremava come un fuscello.

Da quel giorno e finché rimase con loro, Aldo subì quella violenza ogni mattina. Francesco lo lavava strofinandolo in ogni angoletto nascosto del suo corpo. Come una furia cercava lo sporco dietro le orecchie, nelle pieghe grasse del collo; lo vestiva: la piega del pantalone doveva cadere a fuso, la camicia senza macchie e col collo rigido. Poi lo pettinava. Tutta l'operazione culminava in quella tortura. Gli teneva il viso fermo con due dita a tenaglia strette intorno alla mascella. Faceva e rifaceva la riga che doveva essere dritta come la piega del pantalone. A ogni movimento di Aldo, le dita di Francesco serravano la presa. Lo accompagnava a scuola; parlava con i professori anche tre volte alla settimana; lo prendeva a schiaffi per ogni brutto voto, per la più piccola infrazione.

Gli insegnanti descrivevano Francesco come un padre retto anche se esageratamente all'antica. La recita era come al solito così perfetta che le gemelle e mia madre cominciarono a crederci come tutti. Si vantavano con le amiche della durezza della loro educazione; di quanto il padre le volesse perfette, irreprensibili.

Quando la suora raccontò in classe la storia di Mosè e dei Dieci comandamenti, Aldo si sentì confortato: non era il primo a cui era capitata la disgrazia di un padre vendicativo, piovuto dal cielo con le leggi in mano.

Ogni notte supplicava la madonnina dei suoi sogni, che aveva gli occhi color del mare come quelli di mia madre e come lei la fossetta sulla guancia sinistra quando sorrideva, di farlo scomparire come era apparso.

Ma niente poteva uccidere il suo buonumore. Francesco in questo perse la sua battaglia. Voleva vendicarsi delle sue debolezze con quel figlio tardivo. Ci riuscì solo in parte. Aldo rifiutò di studiare in ogni modo; scappò da ogni classe e scuola che frequentò; non volle mai considerare la realtà di un affitto da pagare; regalava e prendeva con la stessa naturalezza; continuò imperterrito ad assaporare la vita come una fetta d'anguria in una serata d'estate. Ma Francesco l'aveva ferito per sempre. Imparò a nascondere i suoi veri pensieri, la tristezza che non mostrava mai a nessuno; a mentire a tutti, soprattutto a se stesso.

Quando la porta della casa sbatteva e Francesco si avviava verso un'altra delle sue vite nascoste, Aldo si ritrovava la madre accanto. Francesca lo prendeva in braccio come un bambino piccolo. Gli raccontava, si faceva raccontare. Cercava di tenerlo allegro, ma poi finiva sempre per scoppiare a piangere sulla spalla di una delle figlie accorse dalla camera accanto.

"Mamma, non piangere, ti faccio un caffè."

L'odore del caffè le radunava in cucina. E anche lì, tutto veniva coperto da una risata perversa, soprattutto per merito o per colpa di Vera.

"Senza uomini dovevamo vivere, eh Francesca? Ho dimenticato perfino come si fa. Dio mio! Per colpa tua ho dimenticato l'unica cosa che sapevo fare bene."

Cercava di ricordare i bei momenti passati, educando le ragazze alle sue tecniche. Francesca urlava tra le risa per coprire la sua voce. Aldo saltellava tra le donne nell'eden ritrovato.

In uno dei quei raduni dionisiaci, Lisa annunciò il suo nuovo matrimonio.

"Questa volta puoi morire se scrivo un biglietto d'invito. Non voglio sentir parlare di ruoti di pasta né di torte. È evidente che lo hai preso come uno sport..." le disse subito Vera per evitare di essere coinvolta in una nuova pazzia.

"Vestiti nuovi non ne avrai, e non ho intenzione di affrontare nessuna discussione con tuo padre," le fece eco Francesca, accarezzando il ventre che cresceva di nuovo e la riportava indietro di tanti anni, fino alla nascita di Lisa; ma ora, molto più di allora, le pareva di sbattere contro le pareti di vetro di una provetta. La passione della sua vita era diventata un fardello insopportabile per la sua mente razionale troppo a lungo ignorata. Una passione ora difficile da arginare nei cuori delle sue figlie.

Mentre aspettava Eleonora, l'ultima figlia, Francesca aveva ripreso a coltivare l'uso appassionato dell'enciclopedia. La sera, prima di addormentarsi, leggeva qualche voce interessante o una parola pronunciata troppo superficialmente dai suoi familiari.

Così, alla parola matrimonio, si alzò per andare a prendere l'enciclopedia. Le figlie, come poi avrebbero fatto le sue nipoti, si scambiarono sorrisi. A Francesca non importava; anche se tardivamente bisognava contrastare quei sentimenti eccessivi con una voce distaccata e fredda. Talvolta vedeva dietro la voce pacata dell'enciclopedia l'uomo della sua vita. Un uomo buono e magnanimo; intelligente, rassicurante; così diverso dall'uomo che le dormiva temporaneamente accanto dopo averla messa incinta per la sesta volta; quell'altro uomo rimaneva sveglio con lei, si faceva conoscere a poco a poco perché lei potesse scegliere di amarlo liberamente. E lei lo amava. Al sogno della vecchia zitella, della poetessa in giro per gli alberghi di tutto il mondo, s'era aggiunta con gli anni quella farneticazione amorosa. Mia nonna la coltivò fino alla morte.

Dopo i venticinque giorni e le ventisei notti di agonia in cui le figlie la vegliarono a turno, quando mia madre in lutto mise ordine sul suo tavolo per fare posto ai mazzi di rose e ai cuscini di gigli, spostando i volumi dell'enciclopedia, sulla prima pagina del primo volume, trovò l'ultima, l'unica disposizione di mia nonna: "Con te nella tomba".

Sul suo letto di morte, le giunsero le mani intorno all'oggetto del suo amore irrealizzato. Il prete scambiò il primo volume dell'enciclopedia, su cui giacevano in preghiera le mani di mia nonna, per la bibbia, e nel suo sermone esaltò la vita di quella madre esemplare che aveva cresciuto i suoi sei figli nell'amore di Dio. Per me, per tutte le donne della famiglia, l'abbraccio mortale tra Francesca e il libro della sua vita fu l'undicesimo comandamento, dimenticato e disatteso ancora per generazioni.

"Amate la ragione, diffidate delle vostre passioni," sembrava dire mia nonna sul suo letto di morte alle cinque figlie accanto, con gli occhi celesti slavati per le troppe lacrime. Se la storia della sua vita non fosse cominciata con la decadenza della sua famiglia. Se fosse vissuta uno o due secoli dopo il crociato che li aveva nobilitati, avrei fatto scolpire, nella cappella di famiglia, in onore della sua tardiva passione, la sua effigie sul coperchio della tomba. Il suo sorriso enigmatico, le sue mani strette intorno a un misterioso libro avrebbero alluso per secoli al suo segreto.

Ma per Lisa, in quel periodo, l'undicesimo comandamento non significava ancora nulla. Così si urtò e uscì dalla stanza quando la madre ritornò con uno dei famosi volumi.

"Atto che legalizza l'unione spirituale e materiale di un uomo e di una donna," lesse Francesca.

"Perfetto, come sempre," sussurrò al suo amante segreto, chiudendo il libro, indifferente ai sorrisi di Vera e delle figlie rimaste nella stanza.

Il matrimonio di Lisa con Luciano non fu perfetto, anche se, in vecchiaia, finirono per amarsi. Lisa, più di ogni altra donna della famiglia, aveva sedimentato il proprio risentimento contro il genere maschile. Dopo una vita di angherie subite dalla moglie, Luciano decise di farsi rispettare almeno in vecchiaia. E Lisa iniziò ad amarlo per questo. Averci pensato prima.

Amarsi da vecchi, quando ormai ogni passione è spenta, divenne un'altra delle tradizioni familiari.

Ma in quel periodo, Luciano e Lisa non conoscevano ancora il loro amore futuro. Volevano sposarsi e basta. Luciano sapeva di dover affrontare Francesco e si preparava ogni notte con discorsi appropriati. Lisa gli aveva descritto le sue ire, la sua volontà di ferro, il suo autoritarismo, sorvolando sulle sue fughe, i suoi abbandoni, la sua passione per le donne magre.

Così, quando entrò nel salotto e lo vide seduto sulla poltrona di seta celeste con i braccioli alti, pensò che un uomo così bello ed elegante avrebbe disprezzato la sua timidezza, il futuro incerto che proponeva a Lisa.

Francesco taceva. Toccava a lui parlare.

"Tra qualche mese finirò l'università e credo di poter trovare un posto nel giornale in cui lavora mio zio. Non guadagnerò molto ma per me e Lisa basterà."

Si fermò in cerca di poche parole per farla breve e convincerlo.

"Io e Lisa non possiamo stare senza vederci ogni mattina," disse, rendendosi conto della banalità di quelle parole, del suo sentimento.

Francesco si alzò dalla sedia, gli occhi velati di lacrime

improvvise, lo abbracciò. Luciano sentiva la sua stretta ferrea. Ebbe paura di una reazione spropositata. Gli avevano parlato dell'amore e della gelosia dei padri per le prime figlie.

Francesco si staccò improvvisamente dal futuro genero, prese il fazzoletto con le cifre dal taschino e si asciugò gli occhi.

"Figlio mio, sposala, è più tua che mia."

"È sua figlia e lo sarà sempre, non si preoccupi," gli disse lui commosso da tanta generosità d'animo.

"Io ho potuto stare senza vederla per mattine e mattine, per anni. Ed era la mia preferita," mormorò lui senza guardarlo, sedendosi di nuovo.

A Luciano parve di colpo un frac abbandonato su una poltrona dopo una notte di bagordi.

"Non sono un padre degno, ma la porterò all'altare col mio frac più bello. Lisa avrebbe meritato molto di più. Lo sai che mi cercò per tutta Napoli. Aveva solo sette anni. Pensa quanto mi amava," sorrise compiaciuto, dimenticando che parlava dell'amore di una figlia. D'un tratto aveva ripreso la sua aria di seduttore incallito.

Raccontò a Luciano la sua vita, causando senza saperlo anche l'infelicità del matrimonio della figlia che aveva reso infelice tante altre volte. Francesco parlava e Luciano sentiva crescere una pietà mai provata per la sua futura moglie. Pietà, amore, desiderio di risarcirla con la loro futura felicità coniugale, con la sua disponibilità, la sua pazienza, il suo amore che non avrebbe chiesto nulla ma dato sempre.

Si scavò così la fossa come quasi tutti gli uomini della famiglia.

Decise di dimenticare la propria infanzia. Di fare suo ogni dettaglio dell'infanzia sofferta di Lisa. La piccola orfanella che la sorte gli aveva messo sulla strada perché lui potesse renderla finalmente felice. Dimenticò l'orgoglio, la determinatezza, l'egoismo, il caratteraccio di Lisa, il suo snobismo. Per tutta la vita, fino a quel giorno, in vecchiaia, quando decise improvvisamente di mettere fine al supplizio che si era scelto e di farsi rispettare, vide al posto di Lisa una bambina, con la sua bambola in braccio, in giro per i vicoli di Napoli in cerca del padre.

Al matrimonio di Lisa furono invitati anche i suoceri mancati. Questa diventò poi un'altra tradizione: non lasciarsi mai indietro ex mariti, ex suoceri, ex fidanzati. Chi li aveva amati o solo frequentati per un certo periodo non doveva sentirsi abbandonato. Nessuna casa, nessun giardino riuscì a essere abbastanza grande per contenere tutti gli invitati agli infiniti raduni di famiglia. Ogni festa diventava una dimostrazione d'amore al mondo intero.

Così avvenne per il matrimonio di Lisa.

Da Napoli si riorganizzarono di nuovo partenze e arrivi. Si prepararono letti in ogni angolo della casa; vennero ritirati fuori i vestiti comprati per il matrimonio mandato a monte. Vera giurò che molti regali erano gli stessi e che bisognava offendersi e rimandarli indietro. Non se ne fece niente. Il giorno si avvicinava.

"Questa volta ti sposi davvero," mormorò Vera a Lisa, aggiustandole il velo davanti allo specchio. Le veniva da piangere, non per Lisa ma per Luciano, il suo amante di una sera, che cedeva alla giovinezza. Si chiese cosa l'avesse spinta a unirsi per la vita a quel gruppo di donne insaziabili.

Come nei suoi sogni, Lisa camminò finalmente al braccio del padre. Si chiese poi se non fosse stato un sogno anche quello. Il braccio di Francesco, fasciato dalla stoffa del suo miglior frac, le pareva vuoto tanto era leggero. A tratti, mentre camminava verso l'altare, Lisa si voltava per controllare che non fosse volato via lasciandola sola nella navata della chiesa. Ma Francesco aveva giurato a se stesso di restare in ogni caso fino alla fine della cerimonia. E mantenne la promessa.

11.

La seconda casa dei Parioli si svuotava ogni giorno di un quadro, una poltrona, uno specchio. Gli amici antiquari con molto garbo si riprendevano ciò che non era mai stato pagato. Le gemelle maledivano il padre per averle messe in quella situazione. A ogni merenda con le loro amiche snob, Anna e Maria dovevano inventare qualche storia complicata per giustificare l'assenza dei mobili. Maria era diventata col tempo più agguerrita e furba della sorella più magra. Aveva un progetto chiaro in testa: frequentava la scuola, studiava per incontrare un uomo degno che l'avrebbe amata per tutta la vita. Anna soffriva di un orgoglio smisurato e si metteva a piangere appena qualcuno le nominava il padre. Così era stata Maria a rispondere alle amiche con quell'aria eccentrica che si era fabbricata per dare nell'occhio.

"Che seccatura: la console è stata richiesta dal museo di Vienna e il tavolo fine Ottocento è partito per Londra questa mattina. Mio padre dice che una collezione privata, un palazzo di famiglia sono di tutti e bisogna mostrarli a chi lo chiede. Così siamo costrette a mangiare sul tavolo impero in camera di mia madre."

E lì iniziava il lungo racconto del crociato, del palazzo napoletano che porta il loro nome. Di quando andavano a

Napoli, salutati dalla folla festante dei servitori del palazzo, e dalla vettura agitavano i fazzoletti tenendo il busto rigido come si doveva.

Nella seconda casa dei Parioli rimase infine solo il tavolo di cucina. Francesca lo ricoprì con una tovaglia della principessa madre e lo sistemò al centro del salotto trasformato in sala prove. Avrebbero dovuto lasciare anche quella casa come tutte le altre. Ma l'idea di dove andare era troppo lontana dalla mente di Francesca. Cuciva, tagliava vestiti per le mogli arricchite della borghesia romana, aspettava l'ultima figlia. La vita le scorreva intorno senza passioni né misteri. Non era stata lasciata quella volta. Non aveva aspettato la sua fuga dopo il matrimonio di Lisa, l'aveva anticipata. E la morte le era entrata nel cuore. Mia nonna ci avrebbe messo dieci anni per riuscire a vivere senza l'intermittenza dell'amore di Francesco. Ma non era ancora venuto il momento. Lo aveva lasciato lei, ma si sarebbero cercati ancora.

Quella sera, dopo la cerimonia, si era tolta le scarpe davanti al letto. Lui era in bagno a prepararsi per la notte. Francesco si lavava per ore; maniaco della pulizia, dell'ordine, delle scarpe lucide che riscattavano la confusione dei princìpi. Francesca conosceva una a una le operazioni della sera: l'apertura dei rubinetti, le scarpe lasciate a terra, il vestito appeso alla stampella, la faccia lavata dieci volte con uno strano mugugno a ogni sciacquata, il silenzio di quando si pettinava, l'eterna pulizia dei denti, fino a che lei si addormentava per non udirlo più.

Quella sera, ascoltando in piedi la trafila nota, si accorse di non sapere chi fosse l'uomo che si lavava in modo così prevedibile. Aspettò il tintinnare dello spazzolino riposto nel bicchiere; la chiave girata nella toppa.

"Francesco, non so perché ci siamo fissati che dobbiamo stare insieme," gli disse con una voce tanto tranquilla che lui tremò di paura. Si chiese se avesse saputo della sua nuova avventura.

"Vuoi litigare questa sera, Francesca. Proprio il giorno del matrimonio di Lisa," le rispose senza guardarla.

"Perché sei venuto a cercarmi dopo il funerale di mio padre? Non ci conoscevamo, non ci eravamo scambiati una sola parola."

"Mi hai rimproverato mille volte di non averti cercato abbastanza, e ora mi dici che non ti dovevo cercare per niente. Sei pazza, Francesca, sei la donna più pazza che abbia mai incontrato."

"Per questo sei venuto a cercarmi dopo il funerale di mio padre?"

Francesco si sedette sul letto dalla sua parte, elegante nel pigiama blu notte come in un vestito da sera. Ci pensò su tanto tempo che Francesca immaginò si fosse addormentato seduto. Senza guardarlo prese a spogliarsi. La risposta di lui le arrivò dopo un silenzio durato ventidue anni.

"A teatro, la prima volta che ti ho vista con tua sorella, mi dissero che eravate rovinate. Tuo padre si era giocato tutto a carte. Sorridevi a tutti e a nessuno. Non sapevi nulla."

"Per questo sei venuto a cercarmi? Perché ti facevo pena?"

"Eri libera e non lo sapevi. Potevi cambiare la tua vita da un giorno all'altro. Io non ho mai potuto essere diverso da come mi hanno cresciuto. Non ho mai sopportato l'idea che tu potessi essere libera e io no. Per questo non ti ho mai lasciato definitivamente."

Francesca ricordò, come un sentimento arcaico, il dolore di quando lui l'abbandonava con un nuovo figlio pronto a nascere, in una casa nuova già vecchia per lui. Con quel dolore aveva convissuto ventidue anni. Con la gelosia, la furia omicida, la felicità spezzata ogni volta dal pensiero di lui libero, senza figli, in giro con altre donne.

Avevano provato tutta la vita lo stesso sentimento: la paura della libertà dell'altro. Si erano amati per questo, per non lasciarsi liberi.

Le venne da ridere, tanto le parve assurda quella commedia tra loro costata figli, dolori, tradimenti. Non avrebbe mai potuto riderne con le figlie. Loro dovevano idealizzare l'amore che le aveva fatte nascere. Era sola con quel segreto.

Prima di rispondergli, pensò vagamente che forse ogni amore, non solo il loro, nascondeva lo stesso segreto indicibile.

"Io sono libera, Francesco, per mia fortuna tu non mi hai mai sposato."

Lo provocò nel sentimento che lui le aveva appena rivelato. E la provocazione funzionò come il meccanismo di un giocattolo. Francesco si alzò come una furia. Le urlò, abbracciandola, che lei voleva vederlo morto, che era la sua rovina, che l'amava. L'abbracciò con la stessa rabbia con cui avrebbe voluto schiaffeggiarla. Tutto si svolse nel rituale di una vita. Ma era la prima volta che Francesca se ne accorgeva. Per la prima volta guardava svolgersi la loro passione senza provarla. Nel cuore le era entrata la malinconia.

Mentre lui la spogliava, le accarezzava il ventre, sussurrando a lei e all'ultima bambina frasi innamorate, cercò di immaginare il suo futuro senza quel sentimento. Sarebbe ritornato talvolta senza la forza passata, come il rimpianto dei vecchi per la gelosia e il sesso. Mia nonna diventò vecchia in quell'istante. Una vecchia giovane. Eleonora, l'ultima figlia, glielo rimproverò tutta la vita.

All'alba, lo accompagnò alla porta. Gli aveva preparato le valigie durante la notte, mentre lui dormiva.

"Se sarà un maschio lo chiamerò Francesco, come tu fossi già morto," gli urlò dietro vedendolo scendere le scale leggero e felice.

Francesco si sentiva felice. Lo aveva lasciato lei. Questa volta non avrebbe dovuto affrontare il senso di colpa che gli durava qualche giorno dopo l'abbandono. Vedeva già Napoli all'arrivo alla stazione; la città in cui sguazzava da quando era nato senza l'ombra di un pentimento. Arrivato nell'androne si fermò prima di sparire dalla vita di Francesca per altri tre anni. Si rese conto che lei non gli aveva mai nominato quel Luigi di Milano che gli aveva talvolta procurato, alla fine di una notte passata senza pensieri, una gelosia improvvisa e assassina. Risalì le scale agile come un giovanotto innamorato. Bussò alla porta e si trovò davanti Vera con la macchinetta del caffè in mano e il viso addolorato per il risveglio brutale: Francesca piangeva nel suo letto circondata dai figli. Il caffè restava l'unica consolazione di quella casa di matti.

Guardandola Francesco sentì l'orrore del ripensamento, ma non fece in tempo a trovare una via d'uscita. La macchinetta del caffè lo colpì in fronte, ruzzolò sulle scale. Francesco finse di andarle dietro, di volerla raccogliere, ne approfittò per sparire definitivamente. Passando di corsa nell'androne in cui si era incautamente fermato, udì solo gli ultimi balzi della macchinetta napoletana e la voce di Vera dall'alto delle scale che gli urlava dietro: "Crepa!".

12.

Nella portineria della seconda casa dei Parioli, le gemelle e mia madre diventarono donne; Aldo iniziò la sua vita da girovago.

Prima di scendere dal terzo piano al seminterrato, Francesca e Vera si erano date da fare, ognuna a modo suo, per resistere il più possibile ai creditori e al padrone di casa. Vera teneva pronto nell'armadio il suo vestito delle conquiste. Raccontava, toccandolo, di quando aveva sedotto un attore durante la guerra, un capitano in seconda durante una traversata, un ragazzo addormentato alla fine di una festa.

A parere delle gemelle si era fatta vecchia e ripetitiva. Anna e Maria dovevano però riconoscere la sua abilità. Vera indossava il vestito, si truccava, provava davanti allo specchio gli occhi lacrimevoli e il sorriso dedito. Si trasformava in una donna in cui l'uomo giusto poteva presagire un mistero, "immaginare cose".

Prima di scendere dalle stelle alle stalle, e cioè dal piano nobile alla portineria, Vera si divertì come non le accadeva da molto tempo.

L'amicizia con la portiera iniziò per un banale prestito di sale. Vera riferì, tornando su con un pacco di sale grosso, un barattolo di conserva, un pacco di penne, un ciuffo di basilico, che i portieri, marito, moglie e ragazzo (molto bello, sembra un signore) di vent'anni, erano persone da frequentare. Le avevano offerto il caffè, si erano interessati alla gravidanza di Francesca, offrendo aiuto a tutta la famiglia.

Ma evitò di raccontare la sua scena madre di lacrime, svenimenti, confidenze. In un'ora, alla famiglia del portiere erano state narrate tutte le disgrazie di Francesca, di Vera, della sorella Maria sposata con il tipografo, dell'amica Margherita Nevio, della bambina Mimì e di molte altre, inventate là per là davanti agli occhi rapaci della portiera.

Francesca cuciva ogni ora della giornata in uno stato di torpore e di assenza volontaria dalla vita di tutti. Non capì, non chiese la ragione dell'interessamento dei vicini del seminterrato. Tutto si svolse solo apparentemente con la sua complicità. Lasciava fare gli altri. In sua assenza ognuno cercava di sopravvivere secondo la propria inclinazione. Le gemelle finirono per essere invitate giorno e notte dai loro amici snob. Escludevano per principio ogni amica senza i quattro quarti di nobiltà dimostrata. Vivevano di menzogne e racconti tanto fantasiosi da sembrare veri. Praticavano senza vergogna l'ospitalità altrui perché avevano inventato un sistema per nascondere la loro timidezza e il loro orgoglio ferito: la loro compagnia riusciva a sembrare così un dono insperato, concesso solo a pochi amici scelti. Una virtù ereditata senza saperlo dal padre in fuga. Francesca le udiva cantare nella loro stanza strani inni. Non chiedeva loro cosa cantassero né da chi si fermassero a dormire quella sera. La baciavano rapidamente prima di uscire.

"Ce lo fai anche a noi un vestito nuovo, mamma?"

"Fate le signore," rispondeva loro Francesca senza alzare lo sguardo dal punto. "Anna, infilami l'ago."

E se ne andavano canticchiando con i libri e i vestiti per il giorno dopo.

Canticchiavano prima di uscire: "Se sarete invitati al rinfresco, non cadete nel cannibalesco col lanciarvi affamati al buffet!". Prendevano in giro la madre, alludendo al frigorifero di casa sempre vuoto.

"Il frigorifero piange ma la mamma non lo sente," canticchiava Vera cuocendo il mezzo chilo di pasta e aspettando Aldo e mia madre che non rientravano.

Mia madre cercava Aldo a ogni ora del giorno e della notte. Facevano la strada di scuola insieme e all'uscita lei lo aspettava invano, interrogando amici: era stato visto in classe alla prima ora; alla seconda cavalcare una vespa con un amico nel quartiere a caccia di bar e biliardi; in fine mattinata esercitarsi in una palestra di pugilato. Mia madre lo riportava a casa coprendo i lividi con la cipria di Vera.

Il giorno in cui Francesco era sparito, fingendo di rincorrere la caffettiera napoletana giù per le scale, Aldo aveva festeggiato nel suo letto facendo pernacchie al padre sotto il lenzuolo; un attimo dopo gli era venuto da piangere. Non per Francesca che immaginava sollevata dall'assenza del mostro; ma per una sensazione poco piacevole di precarietà. Da quella sera, con la vespa del figlio del portiere, aveva cominciato a darsi da fare nei luoghi di libertà.

"Aldo, pensa a mamma se lo sapesse," gli sussurrava mia madre; la sua voce già profonda da donna rimbalzava inutilmente sulle pareti nude della loro stanza senza mobili.

"Ho talento per il pugilato. Domani vado a fare la comparsa in un film di cazzotti."

Mia madre taceva; non c'erano ragioni per lottare. Non lottava Francesca, chiedeva loro solo di infilarle l'ago la sera.

Le gemelle salmodiavano: "Siamo figlie di un gran signore, il più grande che ci sia, e sul suo cavallo bianco non teme turchi e nemici..." e uscivano.

Una casa di pazzi, come la definiva la principessa madre.

Senza avvisare arrivò una mattina Margherita Nevio; aveva preso tre autobus dal quartiere periferico in cui viveva con onore, come diceva lei, alludendo alla casa dei Parioli di Francesca, e ansimava sotto il peso dei suoi centodieci chili. Il viso sempre bello, troppo truccato, in ricordo del suo passato d'artista. Aveva sognato la principessa madre e si era detta che da mesi non vedeva Francesca e la sua casa di pazzi. Ora era sola: Mimì studiava in collegio, la fotografia di

Ferdinando ragazzo cucita nella biancheria intima raffinata e odorosa di lavanda. La principessina delle capre non contraddiceva mai se stessa.

"Tua madre è venuta a trovarmi questa notte."

Margherita sedeva davanti all'unico tavolo rimasto, si guardava intorno in cerca di qualche fetta di babà, un biscottino, un avanzo di parmigiana.

La cucina a gas era chiusa senza speranze. Dovevano avere impegnato anche i mazzi di carte. Francesca l'aveva guardata un attimo e ora cuciva senza alzare lo sguardo dalla macchina a pedali; l'unica presenza vivente in quella casa di assenti.

"Tua madre camminava lentamente, con il bastone capovolto, e inciampava sul manico a ogni passo. Era venuta per chiedermi se poteva stare da me perché nella vostra casa non c'era posto per lei."

La macchina a pedali si fermò un istante, poi riprese ad andare a tutta velocità.

"Le davo una delle stanze in cui ho abitato con Francesco, con la vista sul mare. Raddrizzava il bastone e si stendeva sul letto bianco. Si sistemava sotto il lenzuolo, sospirando di felicità come faceva lei: 'Ah, come vorrei sapere chi ha inventato il letto!', diceva."

La macchina per cucire si fermò definitivamente. Francesca fissò con odio Margherita, con i suoi occhi divenuti piccoli a forza di infilare aghi.

"Vera ha fatto amicizia con la portiera. I ragazzi sono giù, ora mangiano lì. Dobbiamo lasciare la casa. Ci ospiteranno loro finché non ne troviamo una più piccola in un altro quartiere. Credevi di trovarci con il sedere per terra, ma ti sbagli: mia madre non si farebbe mai ospitare da una cantante d'opera che ha abbandonato la sua bambina tra le capre."

Margherita Nevio non pensò che Francesca era al nono mese di gravidanza, né che la rivalità tra loro per un fuggiasco senza cuore si era da tempo trasformata in complicità e affetto. Le saltò al collo, e con la violenza di quando era giovane l'aiutò a tirar fuori l'ira che le aveva incatenato la volontà, la bambina che s'era fatta vecchia nel suo ventre. Si picchiarono mute e non viste nel silenzio della casa abbandonata. Com'era avvenuto tanti anni prima, si ritrovarono poi in lacrime, senza sapere in quale parte del loro corpo si nascondesse quella furia omicida. Poi Francesca preparò il caffè, dopo mesi di inattività domestica. Lo sorseggiarono senza parlarsi.

"Mia madre non ha mai saputo fare nulla nella sua vita, tranne giocare a carte e alzarsi all'una. Senza di lei non avrei commesso neanche la metà dei miei errori, ma vederla mi dava la forza di reagire. Ti ringrazio di essere venuta. Ora però devi portarmi in ospedale e ti consiglio di non lasciarmi sola, perché questa figlia non la voglio far nascere," le disse alla fine Francesca, raccogliendo con il cucchiaino il fondo del caffè.

Molti anni dopo, quando Margherita era già diventata una bigotta, mi raccontò che in quei giorni in ospedale capì più lati del carattere di mia nonna di tutti gli anni passati insieme alla pensione Moderna.

Eleonora nacque di notte. A parere delle infermiere e di Margherita non si era mai vista una bellezza simile in un corpo di tre chili e mezzo.

Storie di bambine uniche, nate belle come stelle, se ne narrarono a decine in famiglia: a ogni bambina che nasceva (purché fosse bionda e con gli occhi celesti) veniva raccontata la stessa storia.

Ma la bellezza di Eleonora, forse perché fu Margherita a raccontarmela, mi sembrò credibile.

Durante le doglie, Francesca riuscì a battere il dolore con le parole. Parlò ininterrottamente per otto ore. Non ammise di essere interrotta né dall'ostetrica, né dal medico, né da chiunque.

A forza di ascoltarla parlare, Margherita si addormentò sfinita su una sedia accanto al letto, come fosse stata lei a partorire. Francesca, svuotata di tutte le parole di nove mesi di silenzio, guardava l'alba dalla finestra e il viso dell'ultima bambina, luminoso come l'ultima stella che si era spenta in cielo quando era nata.

Tra un rosario e l'altro cercai di sapere da Margherita quale era stato il tema del delirio di Francesca, ma ne cavai una sola frase ripetuta poi nei secoli senza ulteriori spiegazioni.

"Ce l'aveva con chi sapeva lei."

"Francesco?" le chiesi delusa per l'ovvietà dell'oggetto dell'ira di mia nonna.

"Francesco, figuriamoci! Era troppo intelligente per pensare a un uomo in quel momento! Chi ha mai pensato a un uomo mentre sta partorendo? Non capisci nulla."

– Non capisci niente veramente.

Mia madre stira con il ferro scaldato le zone vuote della tovaglia. Sul tavolo ha sistemato i ruoti di parmigiana di melanzane, i peperoni ripieni, la pasta e fagioli fredda, l'insalata di funghetti e formaggio (si è sposata con uno del nord), i quattro polpettoni senza l'uovo (a casa nostra si fa senza l'uovo), le quattro mozzarelle di bufala, i due babà (comprati).

– Perché? – le chiedo cercando di fare qualcosa, anche se la donna del nord (a cui lei ha insegnato la cucina napoletana) ha già fatto tutto.

– Figurati se pensava a Francesco! E poi Margherita Nevio era una grande bugiarda, come Vera d'altronde. La portiera aveva messo gli occhi su Aldo, e lei faceva finta di non vederlo. Ne approfittava perché mamma aspettava Eleonora e cuciva tutto il giorno. Francesca ce l'aveva con la duchessa, – sussurra alla fine sorridendo come una bambina impertinente.

– La duchessa? – le chiedo pensando che stia mentendo come Vera e Margherita Nevio.

– La duchessa, l'amante del re, una nostra antenata. In realtà, a corte, la chiamavano la moglie morganatica. Ma in fondo cosa vuol dire moglie morganatica? Solo l'amante preferita del re, trattata come una moglie, d'accordo, ma mai sposata, anche se il re non la lasciò mai, al contrario di papà. All'epoca della nascita di Eleonora, mamma si era convinta che fosse stata la duchessa ad averle segnato la sorte. Ne parlava continuamente. Un po' come la faccenda dell'enciclopedia,

andava a fissazioni. Forse stava invecchiando, cercava il perché di quello che le era accaduto. Con Vera non si parlavano neanche più. Comunque una cosa è sicura: Eleonora è stata la più bella e la più infelice.

Mentre allattava Eleonora sul divano letto del soggiorno nel seminterrato, Francesca malediva la duchessa ma anche la portiera che li aveva ospitati come dannati della terra, condannati a cambiare casa senza trovare pace, come diceva la principessa madre. La sera si sistemavano i materassi per terra. Il tavolo restava libero per la cena e per la partitina serale, poi si copriva con l'ultimo materasso.

L'unico a uscire era Aldo: si vestiva da dandy, i capelli biondi fissati all'indietro con la brillantina, il naso storto e macchiato di lividi per i colpi di boxe. Portava al cinema Sara, la portiera, perché il marito andava a letto presto e il cinema non gli interessava.

A trentacinque anni, Sara avrebbe voluto essere sposata con qualsiasi uomo, fuorché con quel marito curvo e pallido che il destino le aveva procurato. Era ancora bella: portava vestiti attillati che mettevano in mostra il seno e le gambe; usava rossetti viola per fare risaltare la pelle bianca e gli occhi neri truccati con la riga. Si sentiva molto più distinta di quelle donne in rovina – principesse, dicevano – che aveva ospitato in casa per pietà, ricavandone solo risentimento.

In realtà si struggeva di desiderio quando spiava, dalle persiane socchiuse del seminterrato, Aldo uscire con il figlio ora militare. Aldo era il suo ideale di uomo, insieme a William Holden. Biondo, magro, muscoloso, con lo sguardo ironico e sfuggente.

Francesca giocava a carte con Vera, mia madre, le gemelle e Lisa, che già si lamentava del marito. Appena poteva lasciava Luciano addormentato nell'unica stanza in cui erano andati ad abitare.

Per generazioni, in famiglia, i mariti dormirono su divani, poltrone, sedie, in piedi, mentre si giocava l'ultima mano dell'ultima partita all'alba.

Le gemelle avevano rinunciato a mentire dopo un'ultima, grandiosa bugia. L'ultimo giorno di scuola, con un cerimoniale preparato con cura, avevano salutato gli amici: tornavano a Napoli, nel loro palazzo, dove il padre e la servitù le aspettavano.

Nel caldo afoso del soggiorno del seminterrato, ora leggevano romanzi d'avventura e d'amore, in attesa della partita a carte della sera.

Dopo la cena preparata da Vera, il soggiorno si trasformava in bisca. Più che a una partita a carte, il gioco somigliava a un rituale satanico. Mia madre asciugava l'ultimo piatto gocciolante, Vera abbassava le luci per non svegliare Eleonora, le gemelle stendevano sul tavolo il panno verde. Lisa arrivava dopo poco con due mazzi nuovi di carte.

Sotto il cono di luce, lanciavano le carte scartate con tutta la rabbia da cui erano possedute: il re di cuori (il principe padre), la dama nera di picche e il re suo compagno (lo zio Ferdinando e la zia Enrichetta), il jack di quadri (il padre innominabile). Personaggi della storia a cui erano asservite come alla partita. Le carte ogni volta sembravano rimettere in gioco il loro destino, ma era una beffa: in realtà se lo passavano da una all'altra come la iella.

"Amo il dieci di cuori," diceva Lisa, "ma lui non mi ricambia."

"Non gli sei abbastanza fedele," le soffiava Anna con astio.

"Le carte bisogna tradirle prima che ti portino alla rovina," criticava Vera alludendo alla fedeltà impossibile di Francesca.

Le due amiche si erano ridotte a odiarsi. Non sopportavano più la convivenza forzata. Vera odiava il silenzio di Francesca, le sue occhiate di rimprovero, la sua mancanza di iniziativa. Francesca avrebbe voluto cacciarla dal tetto che non avevano più, ridurla come una cagna randagia, affogarla nelle sue menzogne, rinfacciarle fino alla morte il bieco scambio del destino di Aldo per quella camera in cui erano rinchiuse. Ma non poteva fare altro che allattare la bella Eleonora, vestirla inutilmente di trine come aveva fatto per tutti i figli. La notte controllava il sonno di Aldo sul materasso che copriva il tavolo dove si erano affrontate fino a poco prima. Finché la portava solo al cinema, pensava, nulla era ancora perduto. Una casa bisognava trovarla e Vera, almeno, era servita a questo.

Ma una notte tutto si chiarì, come tanti anni prima nel palazzo dello zio Ferdinando.

Nel sogno, angioletti biondi le sussurravano una strofa che cantava da bambina alla sorella nel palazzo che porta il loro nome.

"Bagna, Maria, bagna il tuo pane nella salsa, bagna il tuo pane nel vino. Domani andremo alla casa bianca, domani stanche ci fermeremo lì."

Francesca godeva nel sonno delle mille esistenze mai vissute e di quelle abbandonate. Il sonno accanto ai figli la consolava di ogni pena; fantasticava di vederli crescere e morire tutti lì: bastavano i materassi, un po' di cibo, la partita a carte la sera. Nessuno li avrebbe colpiti in quella cella senza storia, senza avvenire. Aldo dormiva sul tavolo, con la bocca aperta, il respiro pesante per le trenta sigarette di ogni giorno. Aveva solo quindici anni ma ne dimostrava venti. In sogno, all'improvviso, vide il tavolo vuoto e gli occhi dello zio Ferdinando sulla sorellina Maria.

Si svegliò: dormivano tutti, anche Eleonora. Il tavolo era vuoto. Udì un rantolo. Si alzò senza sapere se fosse nel sogno o se provenisse dalla cucina. Davanti al lavello, dove Vera teneva l'eterno vasetto con il basilico fresco, vide il figlio amato in silenzio vomitare la sua prima storia d'amore. Non ci furono dubbi per lei, come l'altra volta a casa dello zio Ferdinando. Non soccorse Aldo che si era rialzato e la fissava pronto a dirle la bugia inventata per sé. Corse fino alla camera dei portieri addormentati.

Sara scivolava nel sonno accarezzando le spalle curve del marito, un sorriso vietato sulle labbra. Non fece in tempo a riprendersi dal ricordo dell'ultimo bacio del ragazzo amante, principe, perché a lui credeva. Francesca le scagliò contro le porcellane finte, le bamboline, i vasetti, le gondole che aveva raccolto nella sua corsa pazza dalla cucina alla loro camera da letto. Marito e moglie si ritrovarono davanti tutta la famiglia accorsa alle urla.

Nella strada, dove Francesca li aveva trascinati senza dare loro il tempo di vestirsi, si accorsero di avere perduto Vera. Era rimasta nella casa nemica. Probabilmente non aspettava altro, pensò Francesca, giurando che non l'avrebbe mai più rivista, non le avrebbe mai più perdonato il tradimento. Non sapeva che presto zia Vera li avrebbe raggiunti nella "casa di amici" dove si sarebbero rifugiati. E non per necessità: aveva legato con la portiera contro Francesca, dormiva da sola nel soggiorno, mangiava a pranzo e a cena. Ma perché non poteva fare a meno del loro passato. Si era ammalata della stessa malattia incurabile della famiglia, doveva condividerne le nascite e le morti.

Francesca per strada si accorse di avere dimenticato qualcos'altro nella casa nemica. Se ne accorse dopo che avevano già camminato per chilometri tra la gente che si fermava a guardarli come fantasmi della guerra lontana, e dopo che un tassista pietoso li aveva raccolti.

"Dio mio! Torniamo indietro, ho dimenticato qualcosa," urlò senza il coraggio di dire che cosa. Le figlie e Aldo tacevano impietriti.

Si fermarono con il tassì davanti al dannato appartamento. Di lì a poco, mia madre uscì con Eleonora in braccio.

"Ora può andare," ordinò Francesca, cullando la bambina che si riaddormentava serena dopo uno sbadiglio.

Il tassista la fissava interdetto, a motore spento, non si decideva a partire.

"Ma come può una madre dimenticare un figlio?" le chiese con l'aria patetica del buon padre che sentiva di essere.

"Lei non immagina quante volte li dimentico ogni notte, in sogno. Ma questa è effettivamente la prima volta che mi succede da sveglia."

Finì in risata, come nelle peggiori commedie americane. Melensaggini, avrebbe detto mio padre, che di arte capiva tutto ma di casi della vita quasi nulla.

Dal tassì guardarono passare frammenti di una città sconosciuta. In realtà non avevano vissuto in nessuna casa, in nessun luogo.

Per generazioni, in famiglia, il senso dell'orientamento mancò del tutto. Chi usciva di casa e si avventurava in percorsi non tracciati dalle normali attività familiari, si perdeva nelle strade di città ostili, la gola serrata da una paura che nessun ragionamento poteva fermare.

Nella corsa del tassì verso una destinazione ancora ignota a tutti fuorché a Francesca, mia madre scoprì il centro della città in cui avrebbe abitato tutta la vita. Era abbagliata dalle luci e dalla gente che viveva a quell'ora una vita di incontri e di divertimenti ignoti. Si sentì felice, come era successo tanti anni prima a Francesca ragazza, quando il destino non sembrava pesare ancora su di loro come un macigno inamovibile.

"Mamma, ma perché non ci vendiamo qualche titolo?" disse Aldo, giusto per alleggerire l'atmosfera. In realtà aveva già promesso il suo titolo al figlio della portiera in cambio di pochi, agognati spiccioli.

Francesca rispose con il ceffone che non gli aveva dato nel dannato appartamento.

"Non avranno neanche la più piccola isola del nostro regno, alla faccia della duchessa," sentenziò, rivelando per la prima volta ai figli i pensieri folli delle sue notti insonni.

13.

Beniamino Scarfiati non si stupì più di tanto nel vederli arrivare all'alba, in camicia da notte, senza neanche i soldi per pagare il tassì.

Maria gli aveva scritto da Napoli, dopo aver letto un articolo sul giornale che lo riguardava.

"Beniamino Scarfiati: la nuova faccia comico-drammatica del nostro cinema."

A Maria venne da piangere ripensando a quella notte da pazzi in cui avevano mimato il loro amore impossibile e lei lo aveva rifiutato perché era troppo brutto. Ora, mentre si addormentava accanto al tipografo innamorato, la bruttezza di Beniamino Scarfiati, commentata dalle parole del giornale, si trasformava in fascino.

Una sera decise di scrivergli, non perché volesse riallacciare una relazione impossibile, ma per la nostalgia di quella vita d'arte e sogni vissuta da sfollati.

"Io coltivo come un fiore che tu mi hai dato l'amore per la poesia. Recito nella mia anima giorno e notte, e compongo versi di cui mi vergogno. Mi sono anche iscritta al circolo dei poeti. Così, di tanto in tanto, se non ti dispiace, ti invierò qualche verso, se l'accetterai e se non mi hai dimenticata."

Beniamino Scarfiati non l'aveva dimenticata. In fondo

doveva a quella delusione d'amore i suoi successi. Pensò che la principessa napoletana era un po' esaltata, ma decise di non deluderla. Ripiegò la lettera, lanciò uno sguardo al corpo morbido di Luana che gli dormiva accanto e iniziò a comporre a mente la sua risposta.

Presero a scriversi regolarmente. Beniamino con meno assiduità di Maria, ma lei non gliene voleva: era stata lei a rifiutarlo, e lui ora aveva raggiunto il successo. Maria ne scriveva anche alla sorella. Il mimo Beniamino Scarfiati divenne, per le due sorelle lontane, un personaggio dei loro sogni infranti.

Così, quando Beniamino vide Francesca e la sua famiglia in camicia da notte, nell'ingresso della casa del centro in cui abitava con Luana, non si stupì più di tanto, ma si chiese se non avesse avuto torto a non cestinare subito la prima lettera di Maria.

"Alla pensione Moderna, si ricorda?" esordì Francesca, "Maria mi ha scritto di lei."

Beniamino fissò i dodici occhi celesti, compresi quelli di Eleonora, che lo guardavano in silenzio. Si fermò un momento in più su quelli di mia madre che erano tanto piaciuti al suo amico pittore Giovanni Faenza.

Poi li fece accomodare tutti in cucina per fare colazione. Guardandoli mangiare e chiacchierando con Francesca, si chiedeva come avrebbe reagito Luana. Di lì a poco, in babydoll rosa, la ragazza entrò in cucina assonnata.

"Chi sono?" chiese sbadigliando, perché era abituata ad amici che andavano e venivano.

"Amici. Restano un po' da noi, se non ti dispiace," le disse lui timidamente.

Francesca colse il problema al volo e lo risolse definitivamente.

"Non dovrebbe mai indossare il rosa, signora, piuttosto il beige, il grigio, il blu."

Erano i tre colori odiati da Luana, come le gonne lunghe, le camicette bianche. Si chiese come mai quella signora li avesse nominati tutti insieme con tanta autorità. Iniziarono a chiacchierare. Francesca infilò abilmente nel discorso la sua origine nobile, il taglio, il cucito, i vestiti da sera disegnati per le signore della città.

Nella mezz'ora in cui chiacchierarono, una in baby-doll e l'altra in camicia da notte, Luana costruì il suo futuro di attrice sofisticata, elegantissima, e mia nonna, ancora una volta, salvò la famiglia dalla fame.

Luana fu riconoscente a Francesca per tutta la vita. Molti anni dopo, tra un film e l'altro, tra un marito e l'altro, tra un amante e l'altro, continuava a far visita a mia nonna. Francesca viveva da sola con Eleonora, l'unica figlia ancora non sposata. Magra, trasparente, in tailleur grigio, Luana le portava i maritozzi con la panna e chiacchierava con lei dei suoi uragani sentimentali. Mentre mangiava i maritozzi, farciti di panna, davanti allo sguardo affamato di Luana che non se li poteva permettere, Francesca provava a far combaciare quella signora diafana dai lineamenti aristocratici con la ragazza in baby-doll. E ogni volta, forse perché andava ormai a fissazioni come diceva mia madre, ne ricavava l'idea di una grandiosa beffa alle sue spalle. L'incontro con il cinema, nella casa di Beniamino Scarfiati, le confermò l'abbaglio della sua vita.

"Niente si eredita fatalmente."

Quando Francesca se ne rese conto, tutta la sua vita e quella dei suoi figli indicava il contrario. E anche oggi, a tanti anni di distanza, quella frase che ripeteva a se stessa pedalando sulla macchina per cucire mi dà l'idea di una consapevolezza tardiva e dolorosa.

Il rollio ininterotto della macchina per cucire ingoia gli attimi, le ore, i mesi, gli anni. Francesca non alzava lo sguardo dalla stoffa che le scivolava tra le gambe: doveva finire di crescere le gemelle, Aldo, mia madre, Eleonora. Un compito impossibile. Per questo cercava di non distrarsi. Doveva evitare di farsi sorprendere dai ricordi, dalla nostalgia della sua passione insensata.

Finché una notte, Beniamino Scarfiati si avvicinò all'angolo in cui Francesca pedalava come un'assatanata e le sussurrò:

"Principessa, sul set di *Funiculì, funiculà* si è ammalata la sarta".

Persa in sogni impossibili che non riguardavano più lei ma i figli addormentati, tutti in cerca di un lavoro precoce, Francesca fissò interrogativa gli occhi da pesce di Beniamino Scarfiati.

"Guadagnerebbe il doppio, principessa."

"Che cosa dovrei fare?" gli chiese continuando a non capire bene.

"Il cinema, principessa. Incontrerà persone non proprio del suo ambiente, ma non è gente cattiva."

"Caro Beniamino, io sono uscita dal mio ambiente secoli fa, con qualche rimpianto, non lo nego. E questo ambiente del cinema, cos'è?"

Beniamino accostò una sedia alla macchina per cucire. Ci pensò su un momento, e poi sorrise.

"Vede, principessa, in una parola, nel cinema nessuno chiede all'altro: 'Da dove viene?' né 'Come nasce?'" disse infine contento della buona risposta.

Il viso di Francesca si trasformò in una maschera di ghiaccio.

"Lei mi sta sfottendo, Beniamino. Sono già andata via da una casa in cui non ci rispettavano. Non ho paura della strada."

Beniamino Scarfiati divenne viola davanti al viso di Francesca, che gli ricordava troppo quello della sorella dal cuore di pietra.

"Principessa, perché dovrei?" disse tremante.

"Mio padre forse viveva fuori dal suo tempo, ma è difficile essere diversi da come si nasce," disse infine con un dolore così acuto nella voce, che Beniamino le prese la mano abbandonata sulla gonna e gliela baciò.

In ogni caso, negli anni in cui lavorò nel cinema, mia nonna non dimenticò la definizione che Beniamino le aveva dato quella sera. Nelle notti gelate, o calde da soffocare, passate a rifare orli e imbottiture di seni, a bere caffè, a spazzolare e stirare gonne di attrici insopportabili, Francesca non raccontò mai di sé, né dei figli, né di Francesco, né della sua storia, più fantasiosa di ogni possibile intreccio di film.

Il fantastico mondo del cinema le pareva un mare in cui guazzavano scorfani travestiti da pesci esotici, pescecani dalle lacrime facili. Faceva amicizia con macchinisti ed elettricisti; evitava gli attori che la consideravano una schiava, gli uomini della produzione con l'orologio incessantemente sotto gli occhi, pronti a vendere la madre per un sorriso del regista, e a farlo fuori l'ultimo giorno delle riprese. Si odiavano e si amavano tutti come fratelli adottati temporaneamente dalla stessa madre. Senza differenze di origine, età, soldi, cultura. Per Francesca fu l'approdo più lontano ma più familiare e rassicurante. In quegli anni, si abituò a non commuoversi più alle scene d'amore dei film, a vedere, dietro ogni dolore, il banale trucco della glicerina; di tanto in tanto pensava a Francesco. Ricordava l'impeto con cui l'aveva stretta in uno dei tanti letti in cui avevano dormito; il sorriso rassicurante; gli abbandoni improvvisi. Un'idea pazza, e attraente tanto era dolorosa, iniziò in quegli anni a rovinarle ogni attimo dell'esistenza. Quel pensiero la faceva ammutolire all'improvviso quando vedeva le gemelle andarsene la sera con i loro pretendenti, la colpiva come un dolore fisico mentre urlava ad Aldo di non uscire perché l'avrebbe spedito a Napoli dal padre.

Maria scriveva alla sorella, ospite del suo amante perduto, lettere di invidia per la sua vita libera. Da lei Francesca aveva saputo che Francesco era tornato a Napoli, e viveva chiuso nel palazzo che porta il suo nome insieme alla conversa ormai vecchia e ai figli rimasti. Un pentimento tardivo, aveva mentito Maria, con una soddisfazione che non osava confessarsi, tacendo la vera ragione del ritiro di Francesco dal mondo.

La sera, quando il tipografo si addormentava dopo cena, solo contento di averla accanto, Maria tirava fuori dal cassetto del secrétaire che lui le aveva regalato – perché fosse felice almeno qualche ora della giornata – il suo quaderno delle poesie e la carta da lettere. Scriveva saggezze alla sorella lontana: voleva si rassegnasse anche lei al suo destino; le scriveva pensieri su Dio, sul perdono delle offese; chiedeva, con una passione che le parole non riuscivano a mascherare, notizie di Beniamino, della loro vita. Francesca avvertiva dietro le parole ricercate della sorella, vergate sulla migliore carta del tipografo, una menzogna che non sapeva identificare. E l'idea folle di quegli anni senz'amore la risvegliava di notte in incubi di morte: lui era tornato da lei ogni volta, a distanza di anni, con la recidività di un vizio inevitabile, solo per i figli. L'aveva desiderata quel giorno in cui si erano incontrati e poi mai più. Francesca radunava nella mente i ricordi che le confermavano quell'idea per cui avrebbe voluto ucciderlo.

Quando faceva volare Lisa nel corridoio di mattonelle colorate; quando Lisa era andata a cercarlo nel palazzo della conversa e Francesco era tornato con le gemelle per mano; quando si era fatto vivo a Milano per conoscere mia madre; quando aveva lasciato il suo nome di battaglia nelle fasce di Aldo. Solo i figli e nient'altro. Il suo sangue, la sua discendenza; l'orgoglio di un padre senza onore. Nulla per lei.

Nelle lettere di Maria, Francesca leggeva l'insulto finale alla sua vita.

Nascondeva ai figli il risentimento, il desiderio di liberarsi finalmente di quel sospetto troppo a lungo nascosto, ma li evitava. Fu l'unica volta, nella sua vita di madre esemplare, come avrebbe detto il prete sul suo letto di morte, che non li amò come avrebbe dovuto. La loro giovinezza le pareva un insulto insopportabile. La sua giovinezza, regalata per niente al suo unico amore finito nel silenzio, era servita solo a farli nascere.

Quando mio padre la incontrò per caso, o per una trama del destino tanto imponderabile da sembrare casuale, Francesca stava per impazzire. Le figlie lo sussurravano tra loro; avevano avvertito anche Margherita e Mimì, ritornata dal collegio con gli occhi lucidi di entusiasmo per la sua nuova vita di ragazza diplomata in cerca di marito. Mimì ne voleva uno solo da sempre, ma cercava di non sussurrare il nome di Ferdinando davanti alla madre. Margherita Nevio, l'ex cantante delle infinite vedove allegre, l'amante di uomini affascinanti incontrati a ogni latitudine e in ogni mezzo di locomozione, la madre senz'anima che aveva abbandonato la figlia tra le capre, aveva dimenticato, come succede a chi ha molto peccato, ogni sua malefatta e già cominciava a dare segni di misticismo. Era pronta ad aiutare l'amica ex rivale in difficoltà, ma non a far sposare la principessina delle capre con il figlio di una principessa vera, matta come tutta la sua famiglia. Sognava un impiegato con un posto sicuro per la figlia gentile e formale che il destino le aveva dato; un piccolo impiegato come l'unico marito avuto durante la guerra: sposato; tormentato; sepolto. Ma Mimì doveva avere un'altra vita dalla sua.

Mentre Beniamino Scarfiati portava Luana in giro per il mondo, e tentava di convincerla a rinunciare alla carriera d'attrice per quella di madre, in casa sua si tenevano riunioni per stabilire cosa si dovesse fare per Francesca.

Fu l'inizio delle infinite riunioni di famiglia, convocate per salvare qualcuno dei suoi appartenenti da un pericolo grave, e che finivano inevitabilmente per dimenticare lo scopo della convocazione. Si cominciava con l'analisi razionale della situazione del malcapitato.

"Francesca è stanca, lavora troppo, non ha una casa e nessuno a cui appoggiarsi. Non è il genere di donna che ce la può fare senza un uomo," diceva Margherita, intendendo che Francesca non era una donna della sua stessa stoffa.

"Mamma ha bisogno di un medico. È esaurita," dicevano le gemelle sperando che la madre si rimettesse al più presto per annunciare i loro fidanzamenti.

"Zia Francesca non può vivere senza il suo unico amore," mormorava Mimì la romantica.

"Ha sempre dato troppa importanza all'amore con vostro padre. È una passionale incallita, malata di gelosia; possessiva e orgogliosa. D'altronde Francesco me lo diceva: ammattiva se lui ritornava con mezz'ora di ritardo," incalzava Margherita, che era molto mutata con gli anni, ma non aveva perso la sua mania di indispettire il prossimo. Era la frase fatidica. In un solo istante la conversazione diventava una rissa sui temi scottanti e da sempre irrisolti: il matrimonio, l'amore, la dedizione per i figli, il sogno fasullo di una vita tranquilla, odiata in realtà come la noia.

Francesca veniva dimenticata nell'orgia di parole e di alleanze subito disfatte; riemergeva a tarda notte mentre aspettavano il suo ritorno, e le figlie preparavano la cena e l'inevitabile partitina serale.

"Però bisogna chiamare un medico," diceva mia madre che più delle altre aveva ereditato da Francesca il senso della decisione finale.

Fu durante uno di quei raduni di parole e lacrime che mio padre si ripresentò in famiglia.

Quella notte, Francesca era seduta su una pedanina sistemata dall'elettricista amico accanto ai gradini della roulotte dell'attrice. Teneva in mano una camicia da notte che l'attrice le aveva lanciato contro perché la faceva rassomigliare a una monaca e non a un'amante, com'era scritto nel copione.

Intorno alla roulotte s'era creato il tipico bivacco dell'attesa. Frammenti epici di racconti di altri set, storie familiari e galanti si innalzavano verso il cielo nero come fumi di falò. Forse era la materia del loro lavoro a regalare a ognuno il temporaneo dono della favola. In quel mare di storie più inventate che vere, Francesca era sola con la sua malinconia. Da sempre la sua vita era andata dietro ai sogni. Di questo era cosciente solo ora, e aveva deciso di vietarsi ogni ulteriore finzione. Così non partecipava alle invenzioni degli altri. Temeva le fantasticherie amorose, le lacrime d'amore alla Vera, le passioni di una notte trascinate per una vita intera.

"Aveva deciso", ma la sua testa ricamava ormai da sola sui mille ricordi di tradimento e di disamore. La sua malattia, che ereditarono poi in misura diversa tutte le donne della famiglia, non aveva nome e non l'avrà secondo me per generazioni. Guizza ancora tra le nostre mani come un capitone gigante appena pescato; un mostro marino su cui ci interroghiamo incapaci di trovare una spiegazione duratura.

Francesca vietava a se stessa di pensare al passato, di mischiare, come aveva sempre fatto, frammenti di realtà ai suoi sogni infranti. Ma il cuore non le obbediva. La sua abitudine inveterata ai drammi d'amore, alle passioni non corrisposte, ai patemi d'animo, ai piccoli gesti d'amore ingigantiti dal tempo, alla felicità sempre inseguita nel sogno di Francesco che varcava la porta di una nuova casa, le toglieva il piacere del suo nuovo lavoro.

Giovanni Faenza, avvicinandosi alla roulotte dell'attrice con un cappuccino fumante, la vide così, persa nel ricordo di una passeggiata di tanti anni prima, al braccio di Francesco, incinta di uno dei suoi sei figli.

"Signora, ha bisogno di qualcosa?" le chiese incredulo fissandola seduta sulla pedanina con la camicia da notte in mano.

Francesca non lo riconobbe, senza capelli, e nella semioscurità della strada.

"Vorrei solo che si decidessero a dirmi cosa devo preparare per la scena venti," le rispose lei come fosse quello il suo pensiero dominante.

Poi le venne in mente, alzando gli occhi su quel ragazzo sconosciuto, il suo innamorato milanese di tanti anni prima.

"Sono Giovanni Faenza, signora, non sapevo lavorasse anche lei qui."

L'incontro le parve troppo improbabile e le uscì una piccola frase sincera, come non ne diceva a nessuno da molto tempo.

"Neanche io lo sapevo prima di incontrarti."

Giovanni Faenza l'aiutò ad alzarsi, le tese il cappuccino. Si avviarono come vecchi amici, tra due ali di fumatori in attesa della decisione sulla camicia da notte ora abbandonata a terra accanto alla roulotte.

Mio padre negò per molti anni che l'amore per mia madre e la sua famiglia di matti fosse nato quella sera. Si ostinava a dire, da uomo razionale e non incline a sentimentalismi, che era stata una passeggiata come tante altre, in compagnia di una donna più simpatica di quello che pensava. Anche Francesca si rifiutò a lungo di parlare della passeggiata notturna con il futuro genero. Così, in famiglia, negli anni, se ne diedero mille versioni:

"In ricordo del suo innamorato proibito, che tanto aveva fatto per la famiglia, Francesca giurò a se stessa di amare Giovanni tutta la vita come un figlio".

"La principessa napoletana decaduta si appoggiò al giovane uomo del nord ambizioso e introverso."

"Francesca chiese a Giovanni Faenza di aiutare Aldo, di prenderlo sotto la sua protezione."

"Lui la invitò in un caffè di via Veneto, e risero insieme del caso che li aveva fatti incontrare."

Margherita Nevio commentò una volta per tutte l'incontro, e nessuno, fino alla morte di Francesca, quando mio padre rivelò la verità, osò poi darne un'altra interpretazione.

"In fondo era una tradizione di famiglia: l'aveva aiutata il padre, l'aiutò il figlio. D'altronde Francesca aspettava solo di essere aiutata da qualcuno: era disperata."

Tutta la famiglia credeva più nel destino che nell'azione, così le parole di Margherita spiegavano tutto: il destino del padre ricadeva sul figlio.

Fino al giorno della morte di Francesca, venticinque giorni dopo quel pomeriggio in cui eravamo rimaste sole a casa, e lei mi aveva fatto tirare fuori dal cassetto la cronaca del ballo in maschera, e mentre annunciava principi, duchi, marchesi, ebbe l'attacco che l'avrebbe fatta morire. L'avevano portata via e sepolta. Sul suo letto bianco ormai vuoto, brillava, come una polvere d'oro, il polline dei fiori delle corone sparite con lei. In circolo, le figlie e le nipoti si scambiavano ricordi. Mio padre taceva, accanto al letto, con gli occhi asciutti. In un momento di silenzio, iniziò a parlare.

"Quella sera in cui ci incontrammo sul set era pallida e bellissima. Lo sguardo esaltato come le capitava spesso. Viveva nella sua mente, e la gente, gli oggetti che la circondavano, non la distraevano dai suoi pensieri. Mi chiese della mia vita, ma non ascoltava. D'altronde nessuna di voi ascolta mai: 'Le avranno parlato di me in molti modi, mi interruppe, voglio che lei sappia un segreto e lo conservi fino alla mia morte. Non sono stata fedele tutta la vita a un uomo che non mi meritava, ero io a non meritare lui. È un mascalzone, un donnaiolo, un padre infedele, ma ha avuto il coraggio di vivere la vita che sapeva vivere. Io no. Lui è sempre stato più sincero di me. Io mi sono condannata a rimpiangere un matrimonio che non ho mai veramente voluto. La prova è che l'ho sempre aspettato ma non sono mai andata a cercarlo. E ora le chiedo di aiutarmi ad andare da lui, per la prima volta, senza che le mie figlie lo sappiano'."

– Sì, mi ricordo quello che disse a papà, ma erano bugie. In quel periodo non stava bene e diceva qualsiasi cosa. C'è una sola verità: mamma è stata la vittima di un grande mascalzone, bellissimo, elegante, seducente, ma mascalzone. E lei lo amava.

Sul tavolo è tutto pronto.

Siamo in salotto, sedute ad aspettare l'ora giusta per andarci a preparare per la festa.

– Mamma, come si può essere tutta la vita vittime di un amore?

Ci pensa su per una frazione di secondo.

– Già, forse non è possibile. E allora? – mi chiede con la velocità del ripensamento tipica anche di Francesca.

– E allora non lo so. È una grande questione. In tutti i modi, lei provava a darsi una risposta. Per questo lo andò a cercare a Napoli per l'ultima volta.

– E cosa ne ricavò?

– Decise il finale della loro storia d'amore.

Mi scruta di nuovo un momento. Non vuole ironie.

– Una grande storia d'amore – aggiunge.

Riaccompagnandola a casa, complice del suo segreto, Giovanni Faenza sentì il desiderio di fermare quella donna in un ritratto.

Mentre saliva le scale dietro la figura ancora esile di Francesca, capì la debolezza del padre. Si chiese se mai avrebbe riconosciuto la ragazzina con gli occhi color del mare che gli aveva regalato il mazzetto di fiori tanti anni prima.

Le vide sedute intorno al tavolo di cucina. Aspettavano Francesca e discutevano con un accanimento malato del significato della parola amore. Con soddisfazione Francesca notò, anche se la sua mente era già al viaggio che aveva deciso di compiere, che mia madre aveva preso un volume dell'enciclopedia, e la sua voce cercava di farsi largo tra le urla delle sorelle e la voce acuta di Margherita Nevio.

L'apparizione di Giovanni Faenza e di Francesca le fece ammutolire. Mia madre, senza alzare gli occhi dal volume, pensò che l'avevano finalmente udita.

"Moto affettuoso, inclinazione profonda verso qualcosa o qualcuno."

Alzò gli occhi in cerca di approvazione e incrociò quelli di Giovanni Faenza. Si riconobbero, malgrado lui fosse senza capelli e lei non avesse più nulla della bambina che era stata, tranne la fossetta sulla guancia sinistra. Per tutta la sera evitarono di guardarsi o di rivolgersi la parola. Durante il pranzo Francesca raccontò del nuovo lavoro che le avevano offerto a Napoli, molto ben remunerato e con poche spese, dato che sarebbe andata ad abitare da Maria. Nessuna delle figlie ebbe il minimo sospetto. Margherita taceva e scrutava la rivale d'un tempo. Sulla porta, le prese la mano e le sussurrò una sola frase lapidaria:

"Non lo fare".

14.

Di nuovo il viaggio d'amore verso Napoli. Di nuovo, dal finestrino del treno, le campagne tanto ricche da far dimenticare la povertà della città vicina. La visione accelerata della sua vita, Francesca non l'ebbe prima di morire, ma in quel treno vuoto che la portava da Francesco.

Sul finestrino, oscurato dalle gallerie continue, comparivano e scomparivano i personaggi della sua storia.

Perciò quando vide Mimì riflessa nel vetro, non si stupì e non si voltò subito. Aspettò di udirla parlare, anche se le parole di Mimì sembravano irreali come la sua presenza.

"Io devo andare da lui, ci siamo scritti, devo vederlo."

Mimì si sedette accanto a Francesca. Il vestito di crêpe color pesca che le aveva cucito lei, i guanti e la borsetta dello stesso colore la facevano rassomigliare a Francesca e a Maria ai tempi della loro giovinezza. Francesca le prese la mano piccola e sudata tra le sue. Per la prima volta nella sua vita si sentì in grado di aiutare una ragazza innamorata.

Da lei, in seguito, andarono nipoti, figlie di amiche, adolescenti appena conosciute, in cerca del suo aiuto senza giudizio.

"Mamma non vuole che io veda Ferdinando."

"E perché?"

Mimì tacque un momento imbarazzata. Poi si decise a confessarle la verità.

"Vi vuole bene, ma pensa che siete matte. Dice che i nobili impazziscono facilmente."

Con un boato entrarono in una galleria.

"Te le ricordi le caprette, Mimì, come correvano da tutte le parti?"

Gli occhi neri di Mimì si inumidirono.

"Io odio gli animali, zia Francesca. Mi ricordo quanto puzzavano."

"Tua madre se ne è dimenticata. Ora fa la santa ma non devi crederle. Per amore si deve mentire agli altri; l'unica cosa che conta è non mentire a se stessi."

Scesero dal treno a braccetto, salirono su un tassì e si fecero portare alla casa del tipografo.

Dal finestrino, Mimì guardava la città in cui abitava il suo amore. Francesca la città della sua sventura. Mimì vedeva il mare dorato, i palazzi sul lungomare, le facce allegre della gente; Francesca distoglieva lo sguardo dal mare che brillava come sempre sotto il sole, dai palazzi sul lungomare, dall'allegria dei passanti. Le era già capitato di riconoscere le sue illusioni e i suoi fallimenti nel finto incanto della sua città. Ma ora era svanita anche quella comunanza di sentimenti e rimpianti. Napoli era solo un luogo del suo cuore, della sua mente, come Francesco.

Eppure quando il tassì si fermò davanti al portone della casa del tipografo, tutto le parve identico a come l'aveva lasciato, tranne i nipoti diventati uomini e donne. La baciarono educati ma senza grande trasporto. Francesca vide nei loro occhi la stessa sofferenza di Maria, il suo orgoglio smisurato infranto ogni mattino. L'unico che l'abbracciò commosso, come un fratello troppo a lungo lontano, fu il tipografo. Giuseppe singhiozzò tra le sue braccia come un bambino abbandonato tra gente ostile.

"I miei figli si vergognano di me, Francesca," le sussurrò impaurito sotto lo sguardo impassibile di Maria.

Le sorelle si baciarono sfiorandosi le guance.

"Il pranzo è pronto. Ma non sapevo che Mimì ti avesse accompagnato," le disse Maria.

Ferdinando era comparso sulla porta della sala da pranzo. Francesca riconobbe la bellezza del principe padre, l'espressione distaccata che piaceva alle donne; immaginò la paura di Mimì; si disse che quel viaggio, malgrado tutto, poteva servire a qualcosa. Prese Mimì sottobraccio e si avviò con sicurezza verso la sala da pranzo.

"A Mimì interessano i costumi e il cinema, l'ho portata con me per imparare."

Ferdinando, Ciccio, Angelina, Francesca e Ciccio secondo mangiavano la parmigiana di melanzane in un silenzio di morte. Giuseppe non alzava lo sguardo dal piatto. Mimì mandava giù il boccone bevendo l'acqua a piccoli sorsi, come le avevano insegnato in collegio.

Ai due capi della tavola, apparecchiata con argenti e cristalli, le sorelle si lanciavano battute.

"È buona," riconobbe Francesca.

"Le melanzane sono state al sole ieri, e questa notte sotto i pesi. Ha riposato tutta la mattina."

"Chi?"

"La parmigiana. Già, dimenticavo che a Roma la fate espressa," disse Maria, scandendo le parole per eliminare l'accento napoletano quasi scomparso nella pronuncia della sorella.

"Non la cucino mai, ci vuole troppo tempo. Comunque i pesi non servono a niente, anche mamma se ne era convinta negli ultimi tempi. Basta il sole."

"Ah, mamma diceva che i pesi non servono a niente?"

"Sì."

"Nun siervene a niente, hai sentito Giuseppe?" si tradì Maria, prendendo a testimone il marito tremante.

Giuseppe non fece in tempo a intervenire per difendere la moglie, come era scritto che dovesse fare in ogni occasione.

"Comunque mamma non ha mai saputo cucinare, era sapere teorico il suo," concluse Francesca.

Per anni, in famiglia, il modo di cucinare la parmigiana di melanzane divenne un argomento intoccabile.

In un secondo la rabbia tra le due sorelle, trattenuta per anni, centellinata nelle parole garbate delle lettere, fortificata dalla lontananza, eruttò con una violenza inaudita sulla tavolata attonita. Non ci fu una sola accusa che non venne ricordata, urlata: l'intransigenza estetica e l'autoritarismo di Francesca fin da bambina, l'abbandonarsi alla fatalità di Maria; la morte del principe padre di cui si incolpavano a vicenda; l'abbandono di Francesca e della principessa madre quando se ne erano andate ad abitare nel basso, la vergogna dell'amore insensato per Francesco di cui parlava tutta la città, fino all'ospitalità chiesta al mimo Beniamino Scarfiati in virtù dell'amicizia che lo legava a Maria.

Ciccio, Angelina, Francesca, Ciccio secondo, Giuseppe, la cameriera cercavano inutilmente di placarle; ogni loro parola a difesa dell'una o dell'altra risvegliava la polemica, i pianti, le ingiurie. Francesca minacciò di andarsene subito e fu trattenuta da Giuseppe che la supplicò di restare. Stremate dalla lotta le due sorelle si rifugiarono infine nelle loro stanze da letto.

Il silenzio della sera calò sulla casa del tipografo. Solo allora Giuseppe si accorse della sparizione di Ferdinando e Mimì.

Li cercò senza dire nulla alla moglie e ai figli.

Nel cortile della casa, seduti sotto un gelsomino cresciuto a nicchia intorno a una piccola statua bianca di Maria con il bambino, Mimì e Ferdinando tacevano da più di un'ora. La visione dei due ragazzi amanti seduti sotto la statua di Maria suggerì a Giuseppe qualcosa: un ricordo, un racconto, un sogno. In quell'istante, senza sapere perché, sentì che il confine tra passato e presente veniva infranto da un evento soprannaturale, e le cose non sarebbero più tornate al loro posto.

Il tipografo fu il primo in famiglia, ma non il solo, ad accorgersi delle invadenze sempre più numerose del passato sul presente. Da allora si notò che i bambini della famiglia facevano in modo di nascere sempre lo stesso mese dell'anno, che le litigate scoppiavano negli anniversari di altri scontri; alcuni sussurravano, senza avere il coraggio di dirlo apertamente, di avere trovato vecchie fotografie incollate negli album sopra quelle scattate da poco, altri di avere ricevuto lettere d'amore scritte trent'anni prima dalla principessa madre al principe padre. Si pensò a qualcuno della famiglia. Francesca accusò con una battuta la famigerata duchessa ma nessuno pensò che facesse sul serio.

Mentre Giuseppe li osservava, e cercava di ricordare una coppia di innamorati sotto un'altra statua beneaugurante di Maria, le mani di Mimì e Ferdinando si toccarono, e fu l'inizio del loro amore da adulti coltivato con pazienza per tutta l'infanzia.

Giuseppe rientrò in casa spossato dalla litigata a cui aveva assistito e dal finale d'amore inaspettato; andò a letto presto senza cenare. Quella sera iniziò la malattia che lo fece morire in poco tempo.

Sul lungomare infuocato dal sole di mezzogiorno, Francesco passeggiava a braccetto del principe padre. Tutt'e due col bastone, lo stesso sorriso da seduttori, le stesse camicie cucite a Londra, la stessa espressione sfottente e superiore nello sguardo. Facevano a gara a chi salutava più signore e signorine. Francesca li vedeva avvicinarsi da lontano. Si sentiva trasportata dalla gioia e dalla leggerezza perché era vestita di bianco, portava il suo cappello a larghe tese di paglia di Firenze e i due uomini della sua vita erano i più begl'uomini di Napoli. Quando fu loro vicina tanto quasi da toccarli, si accorse che i loro sguardi vagavano intorno a lei senza vederla, alla ricerca di un'altra conoscente da salutare e da mettere ciascuno nella propria lista. Per farsi notare li salutò con un gesto elegante senza lasciar trapelare lo sconforto, ma loro le passarono accanto come fosse trasparente.

Si svegliò con le lacrime agli occhi; stentò a riconoscere il letto e la casa in cui si trovava. Nel buio annusò l'umidità inconfondibile delle vecchie case napoletane. Si trascinò in camicia da notte fino al salone; Maria l'aspettava seduta accanto alla finestra, il solitario interrotto appena aveva sentito i passi della sorella.

“Sono le tre, non ti aspettavo più,” le disse raccogliendo le carte e iniziando a mischiare. “A cosa giocate a Roma?”

“Perché hai ridotto così Giuseppe e i tuoi figli, Maria?” le chiese Francesca sedendosi di fronte a lei.

Maria distribuì le tre carte e quattro ne mise al centro.

“Sono stata una buona moglie. Non l'ho mai tradito.”

“Sarebbe stato meno infelice se l'avessi tradito ma amato un po'.”

Maria alzò lo sguardo di ghiaccio sulla sorella. Si fissarono negli occhi un istante; poi Francesca vide due lacrime ferme sulle pupille di Maria, e dietro le lacrime i suoi occhi di un tempo, tondi e castani come due noccioli di albicocche.

“Siamo una famiglia di grandi passioni, Francesca, ma di poco amore. L'unica passione della mia vita è stato quel cornuto dello zio Ferdinando.”

“Il fetente!”

“Fetentissimo. E ora è anche morto; non posso più odiarlo. Ogni notte, prima di addormentarmi, penso a quale sistema usare per ammazzare la zia Enrichetta.”

“Ancora?”

Scoppiarono a ridere.

Presero a giocare con la passione di un tempo, risvegliata dai ricordi dell'odio giovanile. Consumarono la notte col gioco, con le risa, con i ricordi più amari. Si batterono l'una contro l'altra senza risparmiarsi astuzie e cattiverie, di nuovo unite nel risentimento contro tutto il mondo.

La luce dell'alba illuminò a poco a poco le occhiaie, le rughe dei loro visi non più giovani, rendendoli spietati. Si fissarono, come all'inizio della prima partita, perché giocando non si erano mai fermate a guardarsi.

“Francesco è malato. Non te l'ho scritto, non volevo che tu venissi qui. Gli hai già dato troppo.”

Francesca si alzò come una furia. Non provava ancora dolore, solo rabbia per il silenzio di Maria, per la sua idiozia di non avere sospettato nulla. Le gettò le carte in faccia come a un baro.

“Come lo hai saputo?”

"Ha mandato qui un figlio."

Si vestì senza l'ombra di un dubbio, di un ripensamento: la camicetta di seta bianca con il collo incrociato, la giacca marrone con le rose stampate, l'orologino a spilla appuntato sulla giacca, le perle. I capelli legati bassi sul collo come li pettinava da giovane per sembrare più adulta.

Si ritrovò gelata dalla paura davanti al portone della casa degli incubi di Lisa. Come era succceso alla figlia tanti anni prima, davanti al portone del suo disonore pensò di fuggire. Un ricordo la colpì come uno schiaffo: la conversa grassa la guardava nella sala prove mentre lei passeggiava scalza con il vestito da sera. Subito dopo entrava Francesco, e ogni distanza tra loro si consumava nell'attimo in cui si riconoscevano. Suonò il campanello.

Il portone si aprì sul viso interrogativo di una ragazza carina, i capelli biondi raccolti sotto una cuffietta da infermiera.

"Sono la nuova infermiera," balbettò Francesca sicura che il portone si sarebbe richiuso all'istante sulla menzogna improvvisata.

La ragazza sbuffò, si scostò per farla passare.

"Meno male! Si è decisa. Ma le dico che non sarà facile neanche per lei. È un malato impossibile. E lei è ancora troppo giovane. Avevo detto alla marchesa che ci voleva una vecchia, una vecchia decrepita e forse anche con quella..."

"Cosa?" arrischiò Francesca seguendo la ragazza nei corridoi scuri del palazzo che aveva cercato di immaginare tutta la vita.

"Non gliel'ha detto la marchesa? Gettava le medicine, il termometro in faccia alle infermiere; le tormentava in tutti i modi, rifiutava qualsiasi cura. Lo sa perché?" Si voltò di colpo verso Francesca.

"Perché?" Sussultò come fosse stata riconosciuta.

La ragazza scoppiò a ridere.

"Erano brutte," scosse la testa sorridendo. "Così la signora ha chiamato me."

Si fermarono davanti a una porta chiusa.

"È un inferno. Mi vuole vicina e poi mi scaccia, mi accarezza le mani e anche altro... scherza, mi fa ridere... e pensi che non ha più voce, gli hanno tolto le corde vocali, poverino... mi viene da piangere se lo vedo che sta male... è ancora così bello!" La ragazza s'interruppe. Respirava a fatica, si asciugò le lacrime.

"Ma io ho un marito... un figlio," concluse quasi senza voce. Fissò Francesca con gli occhi innamorati.

"Farà lo stesso con lei. Pare lo faccia con tutte. Come si chiama? Così vi presento e me ne vado subito da questa casa, da questo demonio."

"Francesca."

La ragazza spalancò gli occhi.

"Scc...non lo dica troppo forte quel nome. Venga, le spiegherò cosa deve fare."

Entrando nella stanza, Francesca non vide altro che il letto e il corpo di lui fasciato dal lenzuolo. Il cuore le usciva fuori dal petto.

"Marchese..." sussurrò la ragazza.

Ebbe voglia di svegliarsi accanto a lui come una mattina qualsiasi della loro vita.

Francesco aprì gli occhi e faticò a mettere a fuoco le due donne.

"Marchese, c'è la nuova infermiera." Abbassò il tono della voce. "Si chiama Francesca."

Francesco passò con gli occhi dal volto della ragazza a quello di Francesca; muoveva lo sguardo su ogni dettaglio del viso di lei; il corpo era immobile, abbandonato al sonno e alla malattia.

"Sei venuta..." articolò senza voce.

"È la nuova infermiera, marchese, si chiama anche lei Francesca," sussurrò la ragazza sistemandogli le coperte.

Francesco gettò in aria le coperte con un calcio.

La ragazza si nascose in un angolo.

"Lo vede, lo vede, è un demonio. Io me ne vado, parli lei con la marchesa."

La ragazza radunò in fretta la sua roba e uscì.

Francesca fissava il corpo di lui smagrito nel pigiama; la pelle bianca delle mani e del viso. Lo fissò con durezza per non cedere alle lacrime.

"Se credi che sono venuta per farti da infermiera, ti sbagli. E poi non sono abbastanza giovane per farti contento."

Francesco aprì le braccia lentamente e le tenne aperte in silenzio fino a che lei non riuscì più a resistere. Le braccia deboli di lui si chiusero sulle sue spalle. Le mani cercavano i capelli, il collo, le orecchie, le guance.

"La mia Francesca..." disse dopo qualche minuto.

A Francesca pareva di soffocare per le lacrime ricacciate in gola, per l'odore della sua pelle che le suggeriva ogni più piccola parte del corpo amatissimo. Per quel corpo morente, più che per la sua anima, che non aveva mai durevolmente afferrato, si era giocata come al casinò l'intera vita. Non riusciva a rispondergli: il dolore per la debolezza di lui le faceva rimpiangere ogni altra sofferenza patita a causa sua. Nei minuti in cui rimasero abbracciati Francesca decise di non abbandonarlo. "Finché morte non vi separi," pensò.

Sarebbero rimasti abbracciati per l'eternità, dopo essersi inseguiti e cercati per tutta la vita, se non fossero stati richiamati alla realtà dalle urla lontane di una donna impazzita. Quella che era stata la conversa Anna urlava insulti e camminava lentamente, perché il peso non le consentiva di correre, verso la stanza dell'infedele e della sua concubina, preceduta e seguita dalla corte dei figli legittimi, degli zii legittimi, dei camerieri.

Francesca cercò con gli occhi una mazza; un oggetto tagliente da scagliarle contro, una qualsiasi arma con la quale difendersi da quell'invasione una volta per tutte.

"Nel comodino..." le sussurrò Francesco con il sorriso sulle labbra.

Francesca esitò: si chiese un'ultima volta se fosse il caso di rischiare la vita per quell'uomo che sorrideva sul ciglio del baratro. Ma forse l'aveva voluto per questo. Aprì il cassetto, estrasse una piccola daga antica dal suo fodero di velluto e l'impugnò un secondo prima dell'irruzione.

La scena aveva, come al solito, tutti gli elementi del dramma e della comicità, e infatti se ne rise per decenni in famiglia, e se ne pianse anche subito dopo, pensando a Francesco morente e al loro ricongiungimento tardivo. Ma comunque, dopo averne pianto, se ne tornava a ridere, e la risata sembrava sempre, malgrado tutto, il commento più adeguato.

"Sì, in quel momento pensai al crociato maledetto," diceva Francesca tra le risate che seguivano il racconto della daga impugnata contro la conversa impazzita. "Voglio dire: il sangue non è acqua e se si discende da un crociato, si vedrà in qualche cosa. Non avevo paura, ero pronta a tutto."

La conversa Anna spalancò la porta e si fermò sulla soglia circondata dai suoi soldati. Le magnifiche piccole ossa del suo corpo di conversa di quindici anni erano state ricoperte da una glassa di grasso pendulo; i lineamenti puntuti del suo viso di bambina bucavano appena la carne gonfia delle palpebre, delle guance, della fronte cascante; gli occhi accecati dall'orrore la fissavano. Francesca pensò rapidamente che le fughe di Francesco le avevano risparmiato quella fine. Sentì il desiderio di vendetta sciogliersi in angoscia, pensò di fuggire un'altra volta.

La conversa Anna aprì la bocca in un urlo muto, la voce non le uscì fuori per qualche istante. Guardava la principessa rivale come un pesce dal vetro dell'acquario.

"Signorina, mi scusi..." cantilenò all'improvviso con la voce di una bambina mortificata. "Mi avevano detto che era arrivata una persona non gradita in questa casa. La cameriera le spiegherà cosa deve fare, per la paga potrà parlare con i miei figli."

La conversa si voltò verso la sua corte.

"È la nuova infermiera, è qui per aiutare Francesco."

Poi alzò di nuovo lo sguardo su Francesca e concluse il patto.

"L'ultima notte l'hanno a veglià i suoi figli."

"Tutti i suoi figli," disse ferma Francesca.

La conversa uscì battuta, appoggiandosi a uno dei figli.

Si allontanò nel corridoio riprendendo a urlare come un cane ferito.

Mia nonna curò Francesco quaranta giorni e quaranta notti. Non uscì più dalla stanza. Maria lasciò alla cameriera la sua valigia e una lettera che le annunciava l'arrivo a Napoli dei suoi figli.

Quando lui dormiva cuciva di nascosto il vestito da sposa che avrebbe indossato al suo funerale. La sera si infilava nuda nel suo letto: dormivano abbracciati come due sposi in viaggio di nozze. Il corpo magro di Francesco le scivolava tra le mani come il più prezioso dei beni. Francesco l'accarezzava, si lasciava fare. Fu lei ad amarlo in quei quaranta giorni; Francesca scoprì il piacere dell'iniziativa, delle strategie amorose per risvegliare il desiderio di lui spento dalla malattia. Se solo non avesse perso la vita ad aspettarlo! Se solo avesse combattuto per quell'amore sbagliato!

Francesca capì in quei quaranta giorni che amare è molto più appassionante che essere amate.

Si raccontarono la loro vita decine di volte. Nella stanza in cui entrava solo una cameriera, la mattina, per le pulizie, rivissero i viaggi, i tradimenti, le nascite, le case, le amicizie perdute, i ricongiungimenti. In quei quaranta giorni la morte fu lasciata alla porta insieme a tutti i componenti della famiglia legittima e illegittima.

L'alba del quarantesimo giorno sembrò annunciare la primavera. Francesca si svegliò, sorrise con gli occhi chiusi. Ora sapeva vivere con lui: l'amava più dei figli, più della sua gelosia, più di ogni ripicca. Non avrebbe mai più misurato l'amore di lui ma il suo; doveva essere capace di battere la sua malattia, la loro vecchiaia. Decise di gettare il vestito da sposa perché il funerale non si sarebbe fatto.

Ora il problema era come uscire dal palazzo del disonore.

Un'aria fredda le gelò il cuore. Aprì gli occhi e lo vide in piedi accanto alla finestra aperta; guardava la città dormiente, la città più vicina a quella dei suoi sogni. Francesca lo abbracciò, strofinandogli le spalle.

"Non hai dormito bene?" gli chiese.

"Non voglio andarmene da qui, Francesca."

"Tornerò a Napoli, cercheremo un'altra casa insieme." Si sollevò in punta di piedi e gli baciò la nuca.

Quella tenerezza lo fece singhiozzare come un bambino spaventato.

"Nella mia vita ho amato solo questa città; è l'unica cosa che non ho mai lasciato. Non voglio andarmene da qui."

Una fitta crudele al petto le mozzò il fiato; intuì la superficialità dei suoi sentimenti di vivo e la profondità della sua condizione di morente.

In vita aveva amato solo una città disabitata; lui ne era stato l'unico abitante. La morte, come per tutti, era abbandonare quel luogo di solitudine.

Lo riaccompagnò a letto; tremava nel pigiama cadente e sbrindellato: non aveva voluto pigiami nuovi per la sua malattia.

Francesca si stese accanto a lui: lo guardava dormire; non aveva la forza di vestirsi, di leggere, di cucire. Lo fissava con la stessa fitta nel petto di quando l'aveva sorpreso davanti alla finestra. L'amore di quei quaranta giorni le parve ridicolo di fronte alla solitudine di Francesco. Lasciò che le lacrime le scendessero sul viso; lui dormiva. Sentì il peso di una vita passata ad amarlo.

Non riusciva a provare dolore per la sua morte ma solo sofferenza per il proprio amore mai ricambiato. Le fughe di lui l'avevano sottratta a quel gelo di morte. Decise di lasciarlo.

Si vestì di nero; non si voltò a guardarlo, né lo baciò prima di uscire dalla stanza con la valigia in mano.

Chiuse la porta piano per non svegliarlo.

La cameriera si avvicinava alla stanza con le lenzuola pulite.

"Chiamate il medico. Dite alla signora che i miei figli verranno in giornata a salutare il padre."

Nella strada si voltò per guardare il portone del suo disonore richiudersi, lasciarla fuori per l'ultima volta.

Decise di fare la strada a piedi. Voleva stancarsi, sentire il peso della valigia. Lungo la strada pensò che avrebbe lasciato il cinema e ripreso il suo lavoro di sarta. Bisognava cercare di nuovo una casa, piccola, perché i figli se ne sarebbero andati presto, tranne Eleonora. Eleonora era l'unica a non avere conosciuto il padre. Pensò all'impiegata che era rimasta incinta di Francesco: aveva deciso di seppellire il padre appena era nato il bambino; ogni giorno cambiava i fiori davanti alla sua fotografia. Ora toccava a lei: avrebbe dovuto cercare la più bella fotografia di Francesco e farla stampare in sei copie, una per ogni figlio. Francesco, seduto sulla poltrona alta con i braccioli dorati, le gambe accavallate, il fiore bianco all'occhiello, il sorriso ironico sulle labbra. Tutto il resto era zavorra da gettare nel mare della città per cui lui l'aveva tradita sempre, anche in punto di morte.

15.

Francesca e Maria rimasero vedove a distanza di pochi giorni l'una dall'altra. Le due sorelle si scambiarono i vestiti di lutto, i cappelli, le calze, le scarpe.

Economizzarono anche sui loro sentimenti: si tenevano compagnia in silenzio, la sera, giocando a carte. Non sentivano il bisogno di confidarsi; di interpretare il destino fantasioso che le riuniva di nuovo sole nella disgrazia.

Come gli aveva promesso per tutta la vita, Francesca andò al funerale di Francesco con il vestito cucito per l'occasione.

Nella chiesa ignorò gli sguardi su di lei e accompagnò i figli in prima fila accanto agli altri. Poi se ne tornò in fondo alla chiesa con Eleonora per mano. In onore della conversa, il rito venne celebrato dal sacerdote del convento in cui Anna e Francesco si erano conosciuti. Negli anni il sacerdote era diventato il confessore e il confidente della conversa. La predica fu breve e incisiva.

"Francesco ha avuto tutte le qualità del credente, del marito, del padre. Quando era giovane non sposò una qualsiasi ragazza del suo ambiente, scelse una piccola conversa che aveva promesso il suo cuore a Dio. Solo lei gli sembrava la sposa e la madre ideale per i suoi quattro figli. E Anna gli regalò la sua vita e la sua fedeltà. In nome del padre, del figlio, dello spirito santo."

Durante la predica Francesca si accorse di avere consumato ogni risentimento. Le parole del sacerdote, il rituale, la gente che si voltava a guardarla le erano del tutto indifferenti. Prima della fine della funzione uscì dalla chiesa e aspettò che i suoi figli la raggiungessero.

Il gruppetto si incamminò in silenzio. Aldo fumava e teneva sottobraccio la madre. Lisa camminava tra le gemelle e Luciano. Mia madre teneva Eleonora per mano. Lisa era l'unica ad avere gli occhi rossi di pianto, fu lei che ruppe il silenzio.

"Quei bastardi, hai visto come ci somigliano! Il primo figlio è uguale ad Aldo."

"Il sangue non è acqua!" mormorò Aldo.

La battuta scoppiò nel gruppetto come un petardo lanciato da un ragazzino. La risata inevitabile venne ricacciata indietro per paura della reazione della madre. Francesca passò con lo sguardo sui loro visi giovani e ridenti, pronti a liberarsi istantaneamente del fardello di quel funerale in cui erano stati degli invitati non graditi.

"Francesco ha fatto in modo di conoscervi e vivere con ognuno di voi almeno qualche anno della sua vita. Avrebbe fatto lo stesso con Eleonora, se non si fosse ammalato. Ci sono padri peggiori di lui, ricordatevelo."

Tacquero preoccupati. Era la prima volta che Francesca non lo attaccava apertamente con tutta la rabbia di cui era capace. Tutta la vita lo aveva maledetto in presenza dei figli, ma loro non avevano dato importanza a quelle maledizioni. Anzi erano il segno dell'amore di lei inesauribile. Dormivano cullati dalle loro urla notturne, si svegliavano sorridendo e fantasticavano sul lungo silenzio d'amore che seguiva. Quella passione d'amore era stata l'unica certezza della loro infanzia raminga. Ora lei lo difendeva.

"Non lo ama più," pensarono tutti insieme.

Le figlie iniziarono a piangere una dietro l'altra; Aldo guardava dritto davanti a sé per non farsi cogliere dalla commozione. Di ritorno dal funerale del padre piansero senza potersi fermare la morte della passione d'amore di Francesca.

Il pianto si interruppe nell'ingresso della casa del tipografo. Grida disumane facevano tremare i vetri. Corsero nella stanza di Maria. Sul letto di morte di Giuseppe, spirato pochi istanti prima, Maria, il corpo rovesciato su quello di lui, inveiva contro se stessa per avergli chiuso gli occhi qualche istante prima. Lo aveva fatto con una tristezza profonda ma senza dolore. Nell'istante in cui aveva passato la mano sugli occhi innamorati di lui serrandoli per sempre, l'aveva finalmente guardato: i baffetti diventati bianchi sulle labbra che avevano cercato le sue tutte le notti senza mai stancarsi; le mani da pianista stese sul lenzuolo; i capelli gettati all'indietro sulla fronte allargata come una radura tra gli alberi e gli occhi... Dov'erano gli occhi? Lei stessa aveva tirato giù il sipario sullo sguardo che aveva cercato il suo tutta la vita. Un dolore, straziante come può essere solo un sentimento ignoto, le tolse il respiro. Fissò gli occhi chiusi con la stessa determinazione con cui li aveva sempre ignorati. Dovevano riaprirsi almeno una volta per salvarla da quel terrore improvviso. Ma Giuseppe era ormai libero dalla passione d'amore tramutatasi negli anni in vergogna e solitudine. I suoi occhi chiusi erano indifferenti al dolore nuovo di lei. Lo abbracciò; lo baciò sulle labbra in cerca di baci ormai impossibili; gli accarezzò i capelli. Giuseppe era ancora caldo; il suo corpo era quello di sempre. Fece in tempo ad accarezzarlo per la prima e l'ultima volta. Una frenesia, un capriccio irragionevole guidava i suoi gesti. Finché udì il petto di lui svuotarsi dell'ultimo respiro, dell'ultimo saluto. Allora l'amore le schiantò il cuore di pietra. Prese a urlare come una gatta in calore. Così la videro i figli accorsi alle sue urla; i nipoti e la sorella di ritorno dal funerale di Francesco.

Francesca rimase a Napoli con Maria il tempo di ripercorrere con il sentimento di oggi le loro vite insensate. La notte giocavano a carte e riandavano con la memoria ai ricordi. Maria riviveva ogni gesto di passione di Giuseppe con il piacere dell'innamorata, subito troncato dalla perdita definitiva dell'oggetto del suo unico, inconsapevole amore. Il supplizio di gioire dei ricordi nella solitudine del suo letto come una vergine da marito e piangerne da vedova subito dopo, divenne la sua vita. Maria invecchiò con Giuseppe nel cuore. Educò tardivamente i figli alla venerazione del padre. Ciccio, Angelina, Francesca e Ciccio secondo divennero uno dopo l'altro degli assatanati di viaggi e scoperte; popolarono le terre più lontane di figli mai riconosciuti; nessuno di loro ebbe il coraggio di dichiararsi innamorato, di sposarsi o di promettere fedeltà a una donna o a un uomo. Il sacrificio di Giuseppe rimase conficcato nelle loro coscienze finché ebbero vita, insieme alla follia della madre. La vita non era posto per amori ricambiati.

Tranne Ferdinando. Ferdinando amò Mimì fino alla fine dei suoi giorni che non furono molti. Forse perché figlio dell'amore tra zio e nipote, era cresciuto fragile di salute come un vero nobile; così pensava la nonna Angelina che lo aveva amato e curato più degli altri nipoti. Ma Ferdinando tradì la sua schiatta, primo fra tutti il principe padre da cui aveva ereditato l'aria da seduttore e lo sguardo distaccato. Idolatrò Mimì e l'unico bambino maschio che fece in tempo a procreare. Lo chiamò Giuseppe, restituendo al tipografo, senza saperlo, il favore del suo nome, fonte per lui di congetture misteriose mai appurate.

Francesca compativa in silenzio il sentimento tardivo della sorella; le sue lacrime, i suoi sorrisi, la sua vaghezza da giovane sposa. Si sentiva vedova della ragazza passionale che era stata tutta la vita malgrado i sei figli, gli abbandoni, l'esistenza dura.

Il pensiero della sua futura vita da zitella, con l'enciclopedia a portata di mano e l'ultima figlia ancora in casa, le procurava dei sussulti di felicità che non osava confessare a Maria. Si sarebbe data finalmente ai grandi piaceri della vita: cucire per sé vestiti sobri e perfetti; mangiare gelati e maritozzi con la panna con le amiche; cucinare il babà per i nipoti in visita; dormire in un letto singolo; andare tutte le sere al cinema e a teatro come faceva a Milano con Luigi Faenza;

leggere romanzi d'amore, di passione, di sesso, assaporando i dolori e i piaceri degli altri; darsi appuntamento nei caffè con Vera e Margherita Nevio, alle ore più impensate, ridere con loro del passato tanto da averne le lacrime agli occhi e poi piangerne per sentirsi libere dalla malinconia.

Francesca e Maria giocavano a carte in silenzio nella casa del tipografo. Scartavano, facevano scopa, settebello; contavano le carte, i denari.

Finché una notte Francesca lasciò inavvertitamente sul tavolo il sette e il tre di denari. Maria la guardò incredula.

"Francesca, non le conti le carte?" le disse mostrandole il re.

"Le ho contate tutte in questo momento, Maria. Quelle che avevamo, le poche che ci restano. Domani parto, vedo se mi riesce di giocarle senza più sentirmi la iella addosso."

Si abbracciarono senza aggiungere altro.

Francesca lasciò a Maria il tavolo di noce, la cassapanca con intagliato lo stemma di famiglia e il ritratto dell'avo con i lunghi baffi ricurvi che aveva pensato di riprendersi un giorno o l'altro. Lasciò Napoli per sempre.

16.

– È durato poco il periodo in cui è stata felice. Quando Eleonora si è sposata, è venuta a vivere con noi. L'abbiamo portata a Parigi: non c'era mai stata. A Parigi, a Londra. Si divertiva di tutto. Cuciva per tutta la famiglia, leggeva. Aveva visite tutti i giorni. Le avevamo arredato la stanza da letto come un piccolo salotto. Era la stanza più abitata della casa. Voi ci giocavate più che in camera vostra. Papà ci andava tutte le sere; ci passavano ogni giorno Vera, Margherita Nevio, Mimì, vecchie conoscenze.

Mia madre si veste. La vedo dalla stanza da letto pettinarsi rapidamente davanti allo specchio del bagno, accarezzarsi le spalle, i capelli, il collo con la mano bagnata di profumo.

– E di Francesco non parlava mai? – le chiedo.

– Poco. Ma ci pensava sempre, secondo me. Fino all'ultimo giorno della sua vita ha tenuto la sua fotografia sul comodino. Sai, quella in cui è seduto sulla poltrona con i braccioli dorati. È così bello in quella fotografia!

Mi fissa nello specchio.

– Ma adesso basta parlare. Vai a prepararti, saranno qui tra poco.

Torna nella stanza, s'infila le scarpe basse come una ballerina prima di entrare in scena.

– Quanti siamo?

Non mi guarda.

– Pochi.

– Vale a dire?

– Una trentina.

– Mamma! Una trentina! Ma chi hai invitato?

Non ammette critiche alle sue feste; ma negli occhi color del mare scorgo la consapevolezza dell'esagerazione; una volontà deliberata.

– Solo noi, la famiglia, nessun altro! Zia Lisa, zia Anna, zia Maria, zio Aldo, zia Eleonora, zia Vera, zia Margherita, zia Mimì, zia Licia, i mariti, i cugini: Lisa, Francesca di Lisa, Francesca di Eleonora, Francesco di Aldo, Francesco nostro, Anna, Mario, Vera, Eleonora, Margherita, Giuseppe, Angelina... Come puoi dire che sono tanti! Solo in famiglia siamo cinquanta. Perché ti piace tanto criticarmi?

All'improvviso è sperduta, mi guarda in attesa.

Giocava da sola nel corridoio aspettando Natale, nel suo vestito rosso di bambina di pochi anni, i capelli biondi fermati da un fiocco bianco, quando lo vide per la prima volta, con il cappotto di cammello, i capelli biondi gettati all'indietro, gli occhi indisponenti, il profumo di una donna appena lasciata.

– Non ti critico, mamma, se ti fa piacere.

Si rattrista.

– Credi che mi faccia piacere faticare, e dopo tutta la casa da rimettere a posto?

Non ho bisogno di articolare la domanda seguente, sa tutto.

– Ne so quanto te – risponde telepaticamente. – Il passato è una gabbietta, qualche volta molto comoda, qualche volta scomodissima. Ma per gran parte della vita pensi che dentro ci sia tutto quello di cui hai bisogno.

Sorrido.

– E non ha porte la gabbietta?

– Una porticina invisibile. Accade di vederla quando il volo si è fatto stanco.

Dalla stanza da letto udiamo lo squillo del campanello.

– Sono arrivati e non ti sei neanche cambiata! Non hai il senso del tempo; un'ora o un anno sono la stessa cosa per te. Vado di là. Ti aspetto subito, cambiati, non ti perdere in fantasticherie, non è il momento. E mettiti il vestito rosso.

– Cos'altro?

– Non fare la vittima.

All'una, quando rientravo da scuola, Francesca si era appena svegliata. Il suo piccolo e delicato capo poggiava sui trenta cuscini di piume; teneva la tazzina appoggiata sul lenzuolo e girava il caffè per ore prima di berlo freddo, come piaceva anche alla principessa madre. Entravo nella stanza buia; l'odore di chiuso e di sigarette mi riscaldava il cuore, le mani e le guance gelate. Ne erano accadute di cose in quella stanza durante la notte.

"Come ti senti, nonna?" mi avvicino alla chiazza di luce del letto. Sotto la lampada appoggiata sul comodino, Francesco sorride seduto sulla poltrona con i braccioli dorati, le gambe accavallate.

"Come vuoi che mi senta? Ho mal di testa e la schiena a pezzi."

Mi siedo sul letto.

"Avete fatto molti tardi?" sussurro.

Beve il caffè, si tira su, sorride furba. Poi all'improvviso torna seria.

"Prima parliamo di te. Cos'hai fatto a scuola?"

"Storia," dico in fretta in modo da sorvolare sull'argomento.

"Cosa studiate?"

"La Rivoluzione francese."

Ci pensa su un momento

"Allons enfants..." canticchia con una perfetta pronuncia francese.

Intono anch'io con lei. Appoggia la tazzina davanti alla fotografia; poi si volta verso di me furente.

"Non lo cantare! È l'inno della nostra disfatta!"

Ammutolisco.

"Di chi?"
"Come di chi? Dei nostri antenati, i Borboni. Non dimenticare la duchessa! La famigerata duchessa!"
Rido. Cambia tono, mormora.
"Ieri sera le ho distrutte! Ma non lo dire a mamma, erano furibonde. Sai, quando la carta ti è amica, quando ti ricambia..."
Si sistema sui cuscini con aria sognante.
"Ho fatto poker sei volte, e poi colore, full... Com'erano belle le mie carte! Loro venivano a vedere perché non potevano credere a una fortuna del genere. Neanche Vera."
Ride con una risata di petto, inarrestabile.
"Vera... lo sai che ha un giovane amante? Lei lo mantiene, se no perché ci starebbe? Forse sono stata un po' cattiva... perdeva e le veniva da piangere, lo fa apposta per impietosire l'avversario. La conosco bene. Lo fa da una vita. Allora le ho detto: fortunato in amor, non giochi a carte!"
Ride ancora della sua battuta e della sua cattiveria. Poi lancia uno sguardo furtivo alla fotografia.
"È vero, sai, quando ero innamorata perdevo sempre."
"Allora hai perso tutta la vita, nonna."
"Quasi sempre. Ma perché si dice che chi è fortunato in amore perde alle carte? Non me lo sono mai chiesto. Prendi l'enciclopedia."
Mi alzo di scatto, avviene tutte le mattine.
"Quale volume?"
"Carte, perdita, fortuna, amore. Portali tutti."

Stampa Grafica Sipiel
Milano, gennaio 1996